Della stessa autrice in edizione Garzanti:
Lena e la tempesta

ALESSIA GAZZOLA

UN TÈ A CHAVERTON HOUSE

Garzanti

Prima edizione: marzo 2021
Prima ristampa: aprile 2021
Seconda ristampa: aprile 2021
Nuova edizione: giugno 2022

Per essere informato sulle novità del Gruppo editoriale Mauri Spagnol visita:
www.illibraio.it

ISBN 978-88-11-00550-6

Finito di stampare nel mese di giugno 2022
da Press Grafica s.r.l., Gravellona Toce (VB)

Printed in Italy

www.garzanti.it

UN TÈ A CHAVERTON HOUSE

Cara lettrice, caro lettore,

la storia che stai per leggere è stata scritta in trenta giorni durante il lockdown.

A fine giornata inviavo il capitolo a mia madre e a un gruppo di sette amiche annunciando l'arrivo con e-mail roboanti del tipo: «A voi che l'aspettate fremendo ecco la nuova esaltante puntata di Chaverton House*» oppure: «Preparatevi psicologicamente alla nuova sconcertante puntata di* Chaverton House*».*

In un momento storico per noi senza precedenti, durante il quale abbiamo tutti sofferto la mancanza dei nostri cari e della libertà in nome del bene collettivo, per il gruppo di lettura di Chaverton House *l'appuntamento quotidiano con questa semplice storia, che si prefiggeva come unico scopo l'evasione, portava conforto e senso di vicinanza.*

Se mai ce ne fosse stato il bisogno, quest'esperienza mi ha dimostrato che le storie uniscono. Le storie creano un legame tra le persone. Le storie consolano e a volte, in momenti eccezionali, per quanto semplici e senza pretese possano sembrare, le storie salvano dai brutti pensieri.

Buona lettura,
Alessia

17 giugno 2020

«Un angolino dello splendore di un villaggio della campagna inglese: è tutto ciò che si possa desiderare in questa nostra vita.»

GILL HORNBY, *Miss Austen*

Nel reparto maternità di uno storico ospedale di Milano, attorno alla culla della piccola Angelica Bentivegna si radunarono tre fate.

Ciascuna scelse per la neonata un dono di cui andava molto fiera: la prima il buonumore, la seconda la docilità di temperamento e infine la terza, nell'intento di diversificare, regalò alla piccola il talento infallibile con i lievitati.

Le fu subito obiettato che a una qualità così inutile fosse preferibile la bellezza. Al che lei rispose: «I tempi sono cambiati: alle bambine servono talenti veri, altro che docilità di temperamento».

La seconda fata si sentì punta sul vivo. «Il buon carattere non ha epoca. Essere docili rende felici e non fa venire l'insulino-resistenza.» Indifferente alla frecciatina, e pur intimamente convinta che i carboidrati *fossero* in effetti la felicità, la terza fata continuò ad argomentare sul fronte docilità di temperamento, che proprio non le andava giù. «Vuoi dire che per essere felici si deve essere arrendevoli? Povere noi! Quella che dici tu non è felicità, è farsi andare bene tutto perché non si hanno idee migliori. Perché non regalarle la determinazione allora? Quella sì che poteva servire.»

«Così che si accanisca su obiettivi non realistici?» fece la fata, scuotendo il capo. «La docilità è una virtù sottovalutata.»

«Ma...» stava per obiettare la guerrafondaia delle tre, prima di venire interrotta dalla più anziana.

«Ormai è fatta. I doni non si possono ritrattare. Sbrighiamoci, ci sono altri 382.708 bambini nati oggi nel mondo: se ti sembra così importante, la determinazione la regalerai alla prossima.»

E così la determinazione fu il dono destinato alla bambina avvolta in una copertina gialla e azzurra lavorata a crochet due culle dietro Angelica – assieme all'orecchio musicale e alla bellezza, che aveva saltato un paio di turni e alle fate risultava inconcepibile. Quella bambina un giorno avrebbe vinto un talent show e venduto milioni di dischi con particolare successo in America Latina.

Ma questa non è la sua storia.

1.

Da un mese la mia sveglia suona alle tre e mezzo.

Quando ho pensato che fosse più semplice avevo la testa infarcita di film tipo *È complicato*, in cui Meryl Streep racconta di aver trascorso un magnifico anno a Parigi come apprendista panettiera. E siccome io mi faccio sempre indicare la strada dalle suggestioni più irrazionali, mi sembrava proprio una buona idea farlo anch'io, anche se non a Parigi – ma del resto, ho pensato, andare a Parigi fa tanto cliché, rimanere a Milano è il vero coraggio.

Ho una laurea in lingue e letterature straniere e una specie di ossessione per i classici inglesi, e ho sempre creduto che in un modo o in un altro ne avrei fatto il mio lavoro, ma, in un momento in cui desideravo più che mai cambiare radicalmente la mia vita, ho pensato di votarmi a una professione artigianale in cui ho sempre mostrato un certo talento. Ma una cosa è fare i cornetti nella cucina di casa la domenica pomeriggio, altro è consacrare loro il proprio ritmo circadiano. E per di più dalle commedie romantiche di Nancy Meyers al «Panificio Pastrini dal 1970» c'è un bagno freddo di realtà: non è una graziosa bottega dai toni pastello in cui trovare la felicità né un localino finto retrò che scopri su Instagram con hashtag del tipo #milanesità o #postilovelyamilano. È un vecchio e angusto negozio che affaccia su una stradina secondaria e di cui si servono le badanti degli anziani del quartiere; peraltro, essendo circondato da supermercati e panetterie dallo stile più accattivante, non se la passa benissimo.

Di tanto in tanto ho azzardato qualche suggerimento,

tanto per dare un aiuto, ma Pastrini non è un tipo recettivo. «Ma perché dovrei chiamare il panificio *bacheri*? La clientela entrerebbe in confusione.»

D'altra parte Pastrini ha sessantaquattro anni e non ha eredi. Non vede l'ora di vendere la licenza e andare in pensione. Quanto a me, finché dura e fino all'arrivo di un'idea migliore, va bene così.

Il mio lavoro finisce all'ora di pranzo, e ho tutto il pomeriggio libero prima di andare a letto morta di sonno e di stanchezza quando il resto del mondo fa l'aperitivo e nemmeno i bambini vogliono saperne di ritirarsi per la notte. Per resistere, il caffè è fondamentale.

Lo prendo nello stesso bar, tutti i giorni, appena uscita. Lo stesso bar nei pressi della casa in cui vivevo con Davide, il mio ex, e una coinquilina. Okay, questa può sembrare una cosa stramba, ma gli affitti a Milano sono esorbitanti e noi amavamo talmente quella casa con un terrazzino sul retro e il pergolato con il gelsomino… ma ovviamente in due non potevamo permettercela e così abbiamo affittato una stanza. Che idea stupida: non c'è voluto molto prima che Davide e l'inquilina scoprissero di avere tante, tante cose in comune. Se non altro da quando me ne sono andata anche loro hanno dovuto rinunciare al terrazzino, perché la ragazza è troppo furba per ristabilire una nuova convivenza a tre e così si sono trasferiti altrove.

È in questo bar che oggi incontro Davide per caso. Non che la coincidenza mi meravigli: uno che di mestiere mostra alle persone appartamenti sparsi per tutta Milano prima o poi lo becchi, per quanto avrei preferito che si astenesse dal frequentare un posto in cui veniva spesso con me e che di fatto costituisce ancora un legame, se non altro sul piano dei ricordi.

«Ciao», gli dico, civile.

«Angy…» mormora lui giustamente imbarazzato, ma comunque sempre meno consumato dalla vergogna di quanto dovrebbe essere. «Che bello rivederti. Come stai?»

«Bene.»

«E infatti ti trovo bene», mente senza pudore, dal momento che ho il colorito della Morte in vacanza e una salopette di jeans che mi fa pentire di non averla data alla Caritas quel giorno in cui ero in dubbio se farlo.

«Anche tu stai bene», rispondo io, ed è dolorosamente vero. Davide lavora per un'agenzia immobiliare e indossa il vestito d'ordinanza che, anche se è di poliestere e fa un po' becchino, gli dona comunque. Abbiamo rotto sei mesi fa, non dovrebbe sapere che nel frattempo ho lasciato la scuola in cui facevo da supplente di una professoressa di inglese. Certamente non l'ha saputo da me, ma la notizia gli è arrivata lo stesso dal momento che mi dice: «Ero preoccupato per te, ho saputo dell'aggressione...».

Be', se uno è preoccupato, si fa vivo.

Quanto alla cosiddetta aggressione... è una delle ragioni per cui ho stabilito che panificare poteva forse essere meglio di insegnare. Un'idea discutibile, lo so. Anche perché ero proprio sicura che, se è vero che ognuno di noi nella vita ha uno scopo, il mio fosse quello di far provare agli altri la stessa gioia che ho provato io imparando l'inglese. Ma la gioia, oltre a essere ineffabile per definizione, è anche peculiarmente soggettiva. E avrei dovuto mettere in conto che a qualcuno potesse non importare un fico secco (*a hill of beans*) della lingua del venerabile Shakespeare.

Ero al mio primo incarico dopo l'abilitazione, una classe un po' difficile, in un istituto tecnico, in cui brillava senza alcuna concorrenza Giuseppe detto Giusy, un ragazzino molto volenteroso. I genitori avevano stabilito che facesse studi tecnici, sottraendo a un liceo classico un papabile vincitore delle olimpiadi di greco. In terza media era troppo confuso per capire e opporsi, ma di una cosa è certo: non farà il perito. Giusy è secco secco, con gambe da stambecco e capelli stirati con la riga di lato. Una mattina mi accorsi che era tormentato da un gruppetto di bulli che lo chiamava «frocio». Costoro si erano già distinti in aula per la strafottenza e un atteggiamento detestabile che non avevo alcuna chance di correggere, eppure non trovai di meglio da fare che ergermi a eroina dei disagiati (Giusy, ma, in quel contesto, anche io) e andai a dirgliene quattro. Per tutta risposta il più violento del gruppo – ce n'è sempre uno più aggressivo da cui si diffonde il veleno, gli altri non sono che deboli che si accodano – mi diede uno spintone e finii a terra rompendomi il coccige.

Giusy venne a trovarmi a casa quando ero convalescente e potevo stare solo sdraiata a pancia in giù.

«Prof, non ne valeva la pena. A me non me ne frega niente se mi dicono frocio.»

«No?»

«Certo che no. Sa cosa dice Anna Tatangelo?»

«Oddio in verità mi sfugge…»

«Quando una persona è niente, l'offesa è zero», ribatté accavallando le gambe.

Ecco, non è che l'evento in sé alla fine fu niente di che. C'è di peggio al mondo e la gente si rialza. Non è che io non mi sia rialzata, pur con il deretano dolentissimo. L'ho fatto, ma imboccando un'altra strada. Continuo a pensare che sarebbe bello riuscire a trasmettere l'amore che provo per la lingua inglese, ma rapportarmi a una classe… forse non fa per me. A ogni modo, a ventisette anni posso concedermi il lusso di tergiversare (anche se su questo non trovo nessuno d'accordo con me).

Ma anche se in altri tempi condividere l'accaduto con Davide sarebbe stato naturale, e necessario, adesso non riesco ad aprirmi e in verità non ne ho nemmeno voglia, quindi lo ringrazio, cordiale ma sbrigativa. Lui tuttavia sembra non voler rinunciare a dirmi la sua: «Senti… ho anche saputo… sì… che ti sei messa a lavorare in un panificio… ecco, io sono preoccupato anche per questo».

«Perché?» gli chiedo, soave.

«Angy, ma che senso ha lasciare la scuola per andare a lavorare in un panificio?»

«Lo sai che con un forno acceso sono felice.»

«Ma per hobby!» obietta quindi lui, ancorato alla logica che se il lavoro non usura, allora non è un vero lavoro. Nessuno è pagato solo per fare quello che lo diverte senza un contraltare di indiscutibile patimento. *No pain no gain* è il suo motto.

«Per il momento del mio "hobby" ne ho fatto un lavoro. Che male c'è? Ma soprattutto in che modo la cosa ti tocca, adesso?»

«Non è perché due si lasciano che ci si deve disinteressare l'uno dell'altra.»

«Eppure in realtà mi farebbe un gran bene disinteressarmi di te.»

Forse la nostra non era una relazione destinata a durare, forse era spenta, forse alla fine non condividevamo granché, e l'Inquilina è stata solo l'occasione giusta per disvelarlo. Sei mesi dopo il fattaccio non sono ancora sicura di averlo superato del tutto.

«Allora, è meglio se mi faccio gli affari miei.»

«Meglio.»

«Anche se secondo me stai facendo una cazzata.»

«Forse.»

Il suo telefono squilla e vedo il nome dell'Inquilina. E non c'è bisogno di dirsi altro.

2.

Dopo il naufragio della mia convivenza con Davide mi sono trasferita in un monolocale in disuso in viale Bligny di proprietà dei miei. Di fatto era una specie di magazzino – c'erano almeno tre televisori degli anni Ottanta che ho dovuto portare io all'isola ecologica perché, per pigrizia o mancanza di tempo, nessuno si era preso la briga di farlo. È arredato male ed esposto peggio, ma il forno funziona, ho comprato una lavatrice, l'ho ridipinto con una tinta Farrow & Ball che si chiama *Arsenic* e per il momento va bene così.

Tuttavia, sento ancora la nostalgia del luminoso appartamento in cui abitavo prima e soprattutto di quel terrazzino tanto minuscolo quanto prezioso, al riparo dai rumori della città, in cui era bello pranzare la domenica anche fino a novembre inoltrato, con la luce morbida e tiepida dell'autunno. Mi faceva sentire in vacanza. Eppure per avere quella gioia che prezzo alto ho pagato! E dire che lì per lì sembrò un'idea eccellente. (Le mie lo sono sempre, la magagna vien fuori dopo.) La stanza dell'Inquilina aveva il bagno in camera e per di più lei aveva orari molto diversi dai nostri e nel week-end se ne tornava in Liguria. Le occasioni di incontro erano ridotte al minimo – infatti mi resta ancora il quesito irrisolto sul quando scoppiò la passione illecita tra loro, ma meglio non pensarci.

Archiviato il terrazzino, per avere l'illusione di un po' di verde non mi resta che comprare un mazzo di fiori in sconto all'Esselunga ogni volta che faccio la spesa. Ci si deve saper accontentare.

Sto crollando abbioccata sul divano – le 14 sono per me

un orario cruciale, sarà lo *sugar rush* dopo pranzo, sarà che sono sveglia da quasi dieci ore – quando mi chiama mia zia Edvige. Tecnicamente è la mia prozia, perché è la sorella di mia nonna che però io non ho mai conosciuto.

«Ti disturbo?»

«No zia.»

«Ti volevo parlare di una cosa che ho pensato.»

«Dimmi...»

«Mi è venuto in mente di rintracciare *sull'internet* i miei cugini di Buenos Aires.»

Questa mi risulta nuova. Quali cugini di Buenos Aires? Vero è che la famiglia dal lato di mia madre è una famiglia un po' sfortunata di cui si è sempre parlato il minimo indispensabile.

Il padre della zia Edvige e di mia nonna, dunque il mio bisnonno Angelo, morì in Sicilia nel 1943, durante lo sbarco degli Alleati. La zia era troppo piccola per conservare ricordi e quanto a mia nonna, quando lui morì era appena nata. La mia bisnonna Maria dovette tirarle su da sola sgobbando come sarta. Non ebbero un'infanzia spensierata e infatti la zia non ne fa cenno volentieri. Quindi mi sorprende che abbia questo improvviso desiderio di contattare i suoi cugini di Buenos Aires che, mi spiega, sono i figli del fratello del bisnonno morto in guerra.

«Prima che lo zio Enrico partisse per l'Argentina, la sua famiglia viveva vicino a casa nostra. Devi cercare Luigi e Marilia Focante, e poi mi fai sapere. Io ci ho provato ma mi confondo. Ho pur sempre la mia età.»

«Non ti preoccupare, a me non costa niente.»

«Sei tanto garbata. Chissà da chi hai preso.»

«Zia...»

«Tua madre o i tuoi fratelli magari direbbero sì, ti aiuto, ma tra un mese.»

Mia madre è una cara persona ma è la donna più impegnata del mondo dopo Michelle Obama. A volte penso che la mia scelta estrema di cercare un lavoro tranquillo e privo di apparenti ambizioni sia stato il *rebound* al modo in cui sono stata cresciuta. Sia che si trovasse in azienda (è manager in una grossa compagnia di spedizioni) o a casa, mia madre ha sempre predicato la determinazione, tanto al suo team quanto a noi tre figli. *Mira in alto, o non ne vale la pena.* Due hanno recepito, una no. I miei fratelli maggiori, i gemelli del segno dei Gemelli, hanno corrisposto pienamente a ogni aspettativa dei miei genitori, superandola, addirittura. Sono i gioielli di Cornelia la madre dei Gracchi: uno ha studiato economia e adesso fa il private banker e l'altro è appena stato assunto dallo studio legale più importante della città. Quanto a mio padre, essendo un pilota il lavorare ad alta quota lo colloca automaticamente in una dimensione parallela. Ha sempre passato molto tempo lontano da casa ma almeno ci portava in giro per il mondo in business class. Insomma, la mia è una famiglia in cui l'eccellenza è all'ordine del giorno di ogni singolo giorno e all'interno della quale io costituisco una «preoccupazione». Anche se non mi spiego il motivo, dato che per quanto mi riguarda io sono serena e paciosa come un babà nella sua vaschetta. Penso che il lavoro sia importante, naturalmente, a patto di non dimenticare di gustarsi le cose rilevanti.

Quando prevale il suo lato cinico, mia madre mi chiede: «E come pensi di avere denaro a sufficienza per le *cose rilevanti*?». Io rispondo che i libri, i tulipani e una settimana al mare ogni estate – a me va bene pure Cesenatico, non ho bisogno di volare fino ai Caraibi – si possono ottenere con una paga dignitosa.

Fatto sta che entrambi i miei genitori contestano visceralmente che abbia lasciato la supplenza. Sulla questione panificio evitano di dilungarsi perché ritengono che sia un passo così privo di senso che parlandone gli verrebbe solo data l'importanza che non merita. «Portiamo tutti sulle spalle il nostro carico di cose andate storte, di sogni che avevamo coltivato con cura ma che qualcuno ha infranto. Non per questo però molliamo tutto e andiamo a fare il pane», è stata l'affermazione conclusiva di mia madre sulla questione.

«Preferite far prosperare psicanalisti e case farmaceutiche.»

«Angy, guarda i tuoi fratelli...»

«Loro sono loro. Io sono io», e abitiamo due mondi paralleli che si incrociano solo in occasione dei pranzi di famiglia della domenica.

«Intendo dire che i risultati non te li servono sul vassoio d'argento.»

«Forse però il concetto di risultato è molto personale.»

«Ti ricordi quando Alberto ha vinto il concorso e ha lasciato il posto dopo tre mesi? Lo ha fatto a cuor leggero? No. Però aveva chiara una direzione e l'ha seguita. Senza deviare.» I gemelli Splendidi Splendenti rientrano sempre nella conversazione, in un modo o nell'altro, spostando il termine di paragone verso l'alto. Non credo che mia madre abbia volontariamente inquinato il mio cuore con l'inchiostro nero del continuo confronto, purtuttavia questo è accaduto, producendo delle conseguenze.

Ma a parte il fatto che io non ho grandi argomenti di conversazione né con l'uno né con l'altro, la quindicenne che è in me non dimentica la volta in cui uno dei due – non ricordo chi, ma poco importa, perché tanto l'altro si accodò – affermò soavemente che sembrava che avessi troppi denti per la capacità volumetrica della mia bocca.

A ogni modo, l'intima disapprovazione non nuoce all'appetito dei miei familiari: quando la famiglia si riunisce tutta intera, e io porto la focaccia con lo squacquerone o qualunque altra cosa che più ha lievitato e meglio è, non restano nemmeno le briciole.

La nave del Panificio Pastrini, già a rischio di affondare, subisce un nuovo duro colpo.

Pastrini ha l'aria pavida e stanca, e non è colpa dell'orario della levataccia, ci è abituato da quand'era ragazzo e il proprietario del panificio era ancora suo padre. Gli chiedo se ha avuto una delle sue coliche, ma il brav'uomo risponde con una specie di mugugno. Edi, il ragazzo serbo che mi affianca e che lo conosce da più tempo di me, mi fa cenno di non insistere.

Il segreto di Pastrini, tuttavia, è destinato a non rimanere più tale.

«Il vicino mi ha fatto causa. Dice che l'impastatrice fa troppo rumore e non riesce a dormire. Si parla di far fare una perizia all'ASL ma… ragazzi miei, io ho fatto i miei conti con l'*Inpis*. Me ne vado in pensione con un poco di anticipo. Volevo dirvelo… con calma.»

«MachecalmasignoPastini», ribatte Edi, che parla sempre senza spazi tra le parole e senza la erre e non si capisce mai una mazza.

«Non vale più la pena lottare», dice Pastrini, allargando le braccia, la pancia convessa ancora più espansa del solito.

«Venderà la licenza, vero?» chiedo, più per lui che per me. Io ho sempre saputo che questa storia non poteva durare: è stata una fase per dimostrare a me stessa qualcosa, non so bene cosa.

«Ecco… io… io ne sto parlando con quelli del ristorante di via dell'Annunciata, che sono interessati.»

«La clientela entrerà in confusione!» ribatto, e sono seria (anche se non sembra).

«Come diceva quello in *Via col vento*… Francamente me ne infischio! Adesso mi sento troppo esaurito, ho dovuto anche prendere un avvocato che mi costa caro.»

«D'accordo, ma può sempre chiedergli di accollarsi Edi», propongo.

Pastrini scuote il capo.

«Gliel'ho chiesto io… come no… Ma hanno detto che hanno già il loro personale…»

A Edi viene una specie di singulto e inizia a straparlare in serbo mentre si slaccia il grembiule e alla fine, sempre in serbo, ci sfancula.

Se quella che cercavo era una professione esente da turbolenze, be', con la panettiera ho cannato di brutto.

Più probabilmente, la verità è che non ne esiste una.

3.

Il risultato delle rivelazioni di Pastrini è che si lavora per un'altra decina di giorni, dopodiché viene calata la saracinesca in attesa che la bottega diventi un cantiere per il rinnovo locali che hanno in mente i tipi di via dell'Annunciata. I conflitti con il nuovo vicino passano in automatico a loro, che però forse useranno macchinari più nuovi e accorgimenti tali da non indispettirlo e quindi vivranno in pace.

L'ultimo giorno in panificio regalo cornetti, brioches, pain-au-chocolat e trecce con lo zucchero agli avventori che mi fanno più simpatia. Edi e Pastrini da domani cominceranno a sgomberare.

È una bellissima giornata di giugno, tiepida, pullulante di vita e speranze. Ho davanti a me l'intero spettro delle infinite possibilità. Posso raccogliere i soliti documenti per la solita domanda al provveditorato, ma tornare a fare supplenze sarebbe ammettere che ho sbagliato a tirarmi indietro una prima volta. Piuttosto, dovrei fare chiarezza in me stessa e capire se voglio davvero gettare la spugna con l'insegnamento. Posso inviare il curriculum alle solite case editrici. Posso cercare lavoro in un altro panificio o magari parlare personalmente con quelli di via dell'Annunciata – lo voglio davvero? Temo di no...

Per l'intanto, decido di usare il magro TFR accumulato in quarantatré giorni di lavoro andando a fare la messa in piega e la manicure dalle estetiste sotto casa.

La zia Edvige intanto mi ricorda che non mi sono data da fare per rintracciare i cugini di Buenos Aires.

Vado a trovarla all'indomani della nuova fase della mia vita. Mia madre, che è ansiosa e pessimista per natura, la chiama disoccupazione. Io, ricerca di nuove opportunità.

Mia zia Edvige vive in un piano rialzato in via Caradosso assieme al gatto Parmenide. Era un'insegnante di filosofia e ha sempre dato ai suoi gatti il nome di un filosofo. Il preferito resta Spinoza, morto nel lontano 1994. Nessuno è mai più stato come lui e, dico io, certamente non Parmenide che è uno Scottish Fold dai riflessi bluastri che trasuda malignità e mi guarda dall'alto in basso.

La zia ha tante piccole fissazioni, che più passano gli anni più si accentuano, tipo che in casa sua tutto deve essere presente in numero dispari. Poi ha un'avversione per i lampadari e quindi l'illuminazione è affidata solo a lampade da parete, piantane, abat-jour e nient'altro – cosicché la zia vive le ore serali in un romantico concerto di luci soffuse.

La trovo che annaffia le piante ascoltando *I Only Have Eyes for You* dei Flamingos. «Come mi trovi?» mi chiede. Questa è un'altra delle sue ossessioni e la risposta che si aspetta, e che invariabilmente le do perché ci tiene da morire, è «più magra».

«Quante cose belle mi ricorda questa canzone.»

«Per esempio?»

«Cose che mi rendevano molto felice di essere viva.»

«Be', ma ce ne sono anche adesso...»

«Sì, certo. Ma diverse. Hai portato il computer?»

«Sì.»

«Brava», dice posando sul pavimento l'innaffiatoio e asciugando le mani sui fianchi. «Mettiti lì», continua, indicando il massiccio tavolo di ciliegio della sala che è riservato solo ai grandi eventi, e si siede di fianco a me davanti a Google, pronta a comandare.

«Allora, scrivi prima Marilia, che è più probabile che sia ancora viva.»

«Perché?»

«Perché è femmina.»

Allora digito Marilia Focante Buenos Aires ma non trovo niente. Provo con il cugino Luigi e trovo in effetti un Luigi

Focante collegato a Buenos Aires su LinkedIn. Credo abbia grossomodo la mia età. Si può quindi supporre che sia anche lui un eventuale pronipote.

«Senti, provo a scrivere a lui.»

E così faccio, in inglese.

Ciao Luigi,
mi chiamo Angelica Bentivegna e ti scrivo dall'Italia. Edvige Focante, la mia prozia, mi ha chiesto di cercare i suoi cugini Luigi e Marilia, che non vede da quando era piccola perché si trasferirono a Buenos Aires perdendo ogni contatto. Mi chiedo se per caso tu, data l'omonimia, non sia imparentato con loro. In caso contrario ti chiedo scusa per il disturbo.
Cordialmente,

Angelica

«E ora aspettiamo.»

«E ci vuole molto?»

«Dipende da se e quando vorrà rispondere.»

«Ma non possiamo cercare ancora?»

«Proviamo. Ecco, c'è un Luigi Focante che vende mobili a Caltanissetta.»

«No, quelli sono un ramo lontano della famiglia, mai conosciuti.»

«C'è un Filadelfio Focante professore di esegesi delle fonti di diritto romano all'università di Pesaro Urbino.»

«Questo poi non saprei proprio dire chi è. Perché non gli scrivi?»

«Zia, eviterei di molestare tutti i Focante sul territorio nazionale senza un valido motivo. Di eventuali Focante a Buenos Aires non trovo altro.»

«Anche non per forza Luigi!»

A volte la zia mi prende per scema. Va bene che non sono una volpe e che Parmenide è più scaltro di me, però…

«Sì zia.» Ma di fatto non ci sono Focante neanche con altri nomi. «Se risponde ti avviso subito. Dobbiamo mettere in conto il fuso orario, lì sono quattro ore indietro.»

La zia, che per natura è un po' impaziente, si rassegna e mi fa la proposta che più temo. Che non è nemmeno una proposta, è proprio un ordine.

«Vieni, mentre aspettiamo ci vediamo Corrado Augias alla TV.»

Nell'attesa di una risposta impiego il tempo sondando le possibilità del futuro più prossimo mentre la zia si è lasciata prendere da altre curiosità da soddisfare grazie a internet e per l'esattezza la sua compagna di banco della prima media, quando viveva ancora in Sicilia con mia nonna Luisa, con la bisnonna Maria e i miei trisnonni, tale Carmela Pappalardo detta Melina che in effetti rintraccio attraverso una nipote di sedici anni nativa digitale ben contenta di fare da tramite. Così la zia ha trascorso ore al telefono con Melina per poi tuttavia concludere che è stato deludente, Melina le è parsa un po' rimbambita. Allora poi ha chiesto di Erminia Cardacioppo, che viveva al piano di sopra ed era bravissima a cucire e che anziché «meravigliarsi» diceva sempre «smeravigliarsi». Purtroppo però di Miss Cardacioppo il web tace la discendenza, ammesso che ne abbia avuta.

Per fortuna, prima che le venga in mente qualcun altro, Luigi Focante risponde in un buon inglese che io traduco a beneficio della zia.

Mittente: Luigi Focante

Cara Angelica,
è proprio così, siamo parenti! Ho fatto qualche domanda ai miei per poterti dare più risposte possibili. Mio nonno Luigi purtroppo è mancato nel 2016; la zia Marilia vive in una casa di riposo a Buenos Aires perché ha avuto un ictus l'anno scorso e non è più autonoma. Magari però le farebbe piacere ricevere notizie di tua zia. Io vivo a Santiago del Cile da qualche mese e non la vedo da tempo, tuttavia posso chiedere a mia madre, che di tanto in tanto va a trovarla, di recapitarle un messaggio, se tu lo farai avere a me.

Mio padre mi ha detto di aver sentito spesso parlare del prozio che si è arruolato volontario e che purtroppo è morto all'epoca della campagna degli Alleati in Sicilia. Mi ha anche detto di essere certo di possedere ancora foto e cartoline che lo ritraggono, che erano di mio nonno Luigi e che prima di lui appartenevano a Enrico, il mio bisnonno nonché fratello del tuo bisnonno Angelo. Che confusione!
Pensiamo che a Edvige possa far piacere ricevere queste vecchie foto del padre e se mi dai il suo indirizzo sarà mia cura fargliele spedire.
Se mai dovessi trovarti a Buenos Aires o a Santiago saremo lieti di fare la tua conoscenza!
Spero di essermi reso utile,
affettuosamente
il tuo cugino «latino»

Luigi

«Che ragazzo diligente», mormora la zia. «Hai visto che ho fatto una buona pensata a volerli contattare?»

«Sono proprio contenta per te. Ma come mai non me ne hai parlato prima di Luigi e Marilia? Io nemmeno sapevo che avessimo parenti in Argentina.»

«Non ne ho parlato con te, ma per esempio se chiedi a tua madre lei lo sa benissimo. Non so perché il rapporto con la famiglia di mio padre si sia perso così negli anni: mia madre non ne parlava e mi ricordo che da ragazzina, quando io e Luisa le chiedevamo di loro, lei ci diceva sì, li chiamiamo, però alla fine non lo faceva mai. Poi uno fa la sua vita e non ci pensa più, e ci si ripensa quando si è vecchi e futuro ne resta poco. Comunque, vedi che alla fine non è mai troppo tardi? Rispondigli subito e dagli il mio indirizzo, che chi ha tempo non aspetti tempo e non si sa mai che muoio. E poi fatti dare l'indirizzo della sua signora madre che scrivo di mio pugno un biglietto per Marilia e mentre ci sono invio a queste cordiali persone un *cadeau*.»

«Sì zia.»

Ma siccome nel frattempo sono un po' persa con il mio telefono la zia mi dà un colpetto sul ginocchio.

«*Ándale ándale!*»

«Parli spagnolo, adesso?»

«In onore dei nostri parenti latini. Dai, che poi mi devi informare le trecce zuccherate.»

4.

«Tra l'altro Buenos Aires è forse una delle più belle e sottovalutate città del mondo», sta dicendo mio padre a tavola, una volta che ho ragguagliato entrambi sulle ultime scoperte a proposito dei nostri parenti.

È domenica e sono a pranzo dai miei. I gemelli infallibili non sono presenti, ognuno per una diversa ragione, ma fatto sta che questa è per me un'opportunità imperdibile per uscire dall'ombra dato che generalmente sono loro a turno a monopolizzare la conversazione. Poi si lamentano che sono taciturna, ma non è vero, anzi, di natura sarei anche chiacchierona, ma a casa con loro non sono mai riuscita a trovare il mio spazio, e questo è uno stato di cose così saldo e inossidabile che perdura senza possibilità di cambiamento.

«La prossima volta che ci vado vi porto con me», prosegue papà, indirizzando un'occhiata amorevole prima a me e poi a mia madre, che a sua volta gli stringe la mano. Si scambiano carinerie tra loro come due fidanzatini ai primi tempi.

«Così con la scusa incontriamo i nostri parenti. A proposito, la zia Edvige dice che tu sapevi di loro», dico rivolgendomi a mia madre che si sta impiattando il bis di risotto.

«Be' sì, qualcosa. La nonna non ne parlava spesso, se li ricordava a malapena. Rivangare il passato, invece, è tipico della zia Edvige.»

«Stavo pensando anche che è strano che al bisnonno morto in guerra non abbiano mai dato una medaglia commemorativa.»

Mia madre corruga la fronte. «In effetti...» Ma deve ritenere l'argomento di scarso interesse, prediligendo invece esplorare in maniera elegante i miei movimenti per il prossimo futuro.

«Mi sto chiedendo se voglio davvero insegnare. Capire sé stessi è un lavoro. E anche faticoso aggiungo.»

«Lodevole. Ma non sfama.»

«Non voglio tornare a scuola solo perché non ho alternative. Penso che non si dovrebbe insegnare per ripiego.»

«Nella mia compagnia si vocifera che a breve apriranno delle selezioni per assistenti di volo...» butta lì mio padre. «Tu con le lingue non hai problemi e sei di bella presenza. Ti starebbe bene la nostra divisa», dice, con sincero apprezzamento. Su questo ho i miei dubbi: strizzata nella gonna a vita alta mi basterebbe un minimo di colite e sembrerei incinta al quinto mese. Ma in definitiva non sarebbe un'idea peggiore del panificio.

«Grazie per il pensiero, papà.»

I miei si scambiano un'occhiata imperscrutabile.

Preoccupata? Sollevata? Rassegnata?

Tanto non è possibile persuaderli che va tutto bene anche così. Dopo pranzo mi addormento sulla poltroncina nel poggiolo godendomi l'aria luminosa e tiepida, fingendo di non capire e non sapere che a pochi metri da me si svolge un dibattito incentrato sul perché io a ventisette anni sia così priva di scopi.

«Sarà stato il modo in cui Davide l'ha lasciata?»

«Sarà stato il problema con la scuola e la convalescenza dopo la rottura del coccige?»

Sarà che forse io uno scopo ce l'ho, ma sono loro a non accettarlo?

In assenza di un'attività definita e di una direzione, le mie giornate – dapprima tanto piacevoli – iniziano a diventare tutte uguali e ripetitive e io comincio a sentirmi un po' Bill Murray in *Ricomincio da capo*, impegnata a panificare senza freni inibitori nella mia modesta cucina, nonostante la temperatura in salita man mano che giugno avanza. Pane di ogni forma e con tutti i tipi di farina possibile, dapprima solo per me, ma la situazione mi sfugge presto di mano così ne porto un cesto alla Ronda della carità, uno alla Protezione delle fanciulle in difficoltà e, un giorno che non sapevo che altro farne, uno anche alla caserma dei Carabinieri a due traverse da casa mia.

Ho appena tirato fuori l'ultima infornata di pagnotte quando la zia Edvige mi chiama per chiedermi di andare subito da lei, che il corriere le ha appena recapitato un pacco dall'Argentina.

«Tesoro mio, ti stai facendo un po' tondetta», mi accoglie quindi la mia prozia, anche lei senza freni inibitori.

«Zia, il pane bianco è buono ma ha questo piccolo effetto collaterale», le rispondo, porgendole il sacchetto con le pagnotte ancora calde.

«Vieni, che ho aspettato te per aprirlo.»

Stende l'incerata sul solito tavolo di lucido ciliegio per non rovinarlo e prende dal cassetto le forbici per aprire il pacco, impaziente come una bambina davanti a un regalo di Natale.

I genitori di Luigi hanno inviato un barattolo di *dulce de leche* – altro che tondetta –, una lettera molto cordiale in spagnolo che tuttavia si capisce abbastanza bene e infine il mazzo di foto d'epoca legate con cura con un nastro a quadretti.

La zia Edvige è al culmine dell'emozione e dopo aver slacciato il nodo che le raccoglie le guarda con lentezza, studiandole una a una, per poi passarmele accompagnandole con commenti un po' commossi.

Il mio bisnonno è così giovane e sereno in queste foto color seppia! Sembra avere la pelle di velluto e gli occhi splendenti ed è molto distinto in uniforme, anche se era solo un soldato semplice.

«Quanti anni aveva tuo padre quando è morto?»

«Ventisei.»

«Aveva già due figlie, caspita.»

«Erano altri tempi.»

«Tua madre non aveva conservato delle sue foto?»

«Solo quella del matrimonio», mi dice lei, con voce atona. «Ed è come se il suo viso poi fosse diventato quello della foto del matrimonio. Ma ora è come se lo vedessi bene per la prima volta», aggiunge dopo qualche istante.

«Era proprio bello», osservo, facendo scorrere le immagini che lo ritraggono in campagna con suo fratello, prima della guerra, in maniche di camicia e calzoni in mezzo ad alberi di ulivo.

«Sì, lo diceva sempre anche mia madre.»

«E questi erano i tuoi nonni?» le chiedo, vedendo i due giovani fratelli insieme a una coppia dall'aria molto seria, lui con un vestito che gli stava troppo grande, lei vestita di nero.

«Penso di sì! Io non li ho mai conosciuti» dice, incantandosi a fissarli.

Poi tra le foto c'è una busta, indirizzata a Enrico Focante, Calle Juncal, C1062ABD, Buenos Aires, Argentina.

MITTENTE: A. LONGO,
CHAVERTON HOUSE,
LEWCOMBE BA22 9SX
DORSET,
UNITED KINGDOM

Contiene una foto a colori che non è accompagnata da una lettera.

Sembrerebbe il bisnonno Angelo, anche se ha la barba che cambia un po' i lineamenti, facendolo sembrare più maturo e vissuto. Sul retro della foto in effetti c'è scritto ANGELO. Indossa un vestito color carta da zucchero e il cappello. Dietro di lui, sfocata, una grande casa in pietra e tanto verde. Ma ovviamente non può essere lui. Eh no.

Io e la zia ci guardiamo senza parlare. Il timbro postale sulla busta è diventato illeggibile. L'unica traccia è il francobollo: c'è la regina Elisabetta. Afferro il mio telefono per fare una ricerca prima di dire cose assurde, ma la risposta è abbastanza ovvia. I francobolli con l'effige della regina Elisabetta sono in uso dal 1952, prima ritraevano Giorgio VI.

«Perché mi hanno mandato questa *cosa*?»

«Magari hanno preso un intero blocco di foto vecchie e

nel mezzo c'era questa che con tuo padre non c'entra niente e non se ne sono accorti.»

«Però...» obietta, ma poi tace, e scruta la foto a colori come se si aspettasse che possa parlarle. «Gli somiglia, che dici?»

«È difficile dirlo.»

«Non può essere lui», stabilisce infine.

«No, infatti», confermo per non peggiorare la sua apprensione. Se aprissimo questa maglia nella rete del passato significherebbe insinuare che suo padre non è morto, ma che si trovava in Inghilterra e non si è mai più curato di loro tre. Le avrebbe abbandonate, in altri termini. E la cosa francamente è surreale. Qui davanti a noi c'è soltanto quest'uomo barbuto con l'abito carta da zucchero che potrebbe essere lui come anche no.

«Però Longo era il cognome di mia nonna», dice infine la zia.

«Ecco, appunto», esclamo. «È la cosa più ovvia. Costui dev'essere un Angelo Longo parente di tua nonna. Un cugino di tuo padre.»

«Non sono convinta. Mia nonna non aveva fratelli, questo lo so per certo, e nessuno mi ha mai parlato di cugini da quel lato della famiglia.»

«D'accordo, ma non conosciamo tutto l'albero genealogico.»

Lei non mi ascolta. Guarda prima una foto del padre da giovane, poi quella dell'uomo con la barba.

«Ma che sto dicendo...» sbotta infine irritatissima, poggiandole sul tavolo.

Mentre lei va a versarsi dell'acqua io le prendo e le osservo.

E anche se evito accuratamente di dirlo alla zia, più fisso gli occhi dell'uomo della foto, le folte sopracciglia, il naso greco con la radice alta... più comparo quel volto a quello del mio giovane bisnonno, più mi convinco che siano la stessa persona.

5.

Salto la cena, tanto sono presa a fare ricerche su cosa potrebbe essere successo al bisnonno Angelo se davvero si ammettesse che la persona in quella foto scattata nell'amena contea del Dorset fosse davvero lui.

Cerco collegamenti con l'Inghilterra, scoprendo così che durante la seconda guerra mondiale circa 160.000 italiani vennero catturati e spediti in campi di prigionia inglesi. Molti erano siciliani in conseguenza dello sbarco degli Alleati e in linea teorica è possibile che il mio bisnonno fosse tra loro: forse è stato creduto morto quando invece era vivo e vegeto a lavorare i campi degli inglesi, uno tra i tanti prigionieri di guerra.

Ma se così fosse, allora perché non è tornato, dopo la fine del conflitto?

E anche qui, ore di ricerche per scoprire che il rimpatrio dei prigionieri fu molto lento, sia perché l'Italia devastata non voleva accollarselo sia perché agli inglesi quella manodopera a basso costo faceva molto comodo. In linea di massima il rientro dei prigionieri avvenne entro il 1946. Ma se alla fine il bisnonno Angelo avesse preferito rimanere nei panni della sua nuova vita inglese? Certo non gli farebbe onore aver cambiato cognome e vita lasciandosi alle spalle moglie e figlie.

Chiamo mia madre e le racconto tutte le ultime novità, che d'altra parte la riguardano direttamente. Lei è molto perplessa e riluttante a ritenere plausibili queste teorie.

«Ma ti pare che non ne avremmo mai saputo niente?»

«Tua nonna beneficiava, per esempio, di una pensione di guerra?» contrattacco io.

«In realtà non lo so», ammette lei.

«La zia Edvige potrebbe saperlo, però non voglio chiedere a lei per non insospettirla. Sto pensando di andare a Roma al ministero della Difesa. Tanto non ho niente da fare.» Mia madre è esterrefatta ma dice sempre che dopo la storia del panificio niente può più meravigliarla, nemmeno se all'improvviso me ne spuntassi con un tatuaggio tribale sulla coscia.

Se l'uomo con il vestito carta da zucchero fosse davvero il mio bisnonno, ci sono tanti quesiti che meritano risposta. Tipo, ha lasciato tracce del suo passaggio in Inghilterra? E a proposito, cos'è Chaverton House?

Google viene in mio soccorso mostrandomi le foto di un'antica dimora nelle verdi campagne del Dorset, che da generazioni appartiene alla famiglia Hasbury. Forse il mio bisnonno aveva trovato lavoro lì, dal momento che lo indicava come suo indirizzo.

Intanto è scesa una notte fitta e silenziosa e le mie indagini mi permettono di scoprire che non occorre che vada personalmente a Roma: posso chiedere al ministero una ricerca su Angelo Focante. Gli eventuali risultati mi verranno inviati via e-mail.

Appena ho finito di registrarmi sul portale, mentre sto rassettando un po' la stanza prima di andare a dormire, ricevo un messaggio di Davide, del genere furbetto che si manda di nascosto dalle fidanzate ufficiali. Forse, adesso che non lo sono più, sono diventata improvvisamente più interessante. Dice, malizioso, che la salopette l'ha sempre eccitato.

Non posso negare di provare uno scintillio di vanità, insieme a un po' di pena per l'Inquilina, che comunque non se la merita. Ma in quel vuoto che Davide ha lasciato quando se n'è andato non sento più freddo né afflizione, anzi, non è più neanche un vuoto. È spazio per me. E il messaggio resta senza risposta…

La zia Edvige sta preparando un pacchetto da spedire ai

Focante di Buenos Aires. C'è un biglietto per Marilia, vergato con la sua grafia, così nitida e omogenea da sembrare stampata. Ma mentre assembla i regali nella scatola che qualcuno (io, ci scommetto) dovrà portare alla posta, le rughe del suo viso sono solcate dalla preoccupazione.

«Mannaggia a me, mannaggia!!» borbotta infine, incapace di trattenersi.

«Zia?»

«Ci ho pensato e ripensato. Tutto torna. Il fatto che a casa parlassimo poco di mio padre... mi sono sempre detta che era perché a mia madre causava troppa sofferenza. Non avere sue foto in giro... credevo che fossero poveri e le foto costavano. Tagliare di netto i rapporti con la sua famiglia... pensavo: si perde via via l'abitudine, di telefonare in Argentina...

«Ma la verità è che non era morto, e mia madre lo sapeva e ce lo teneva nascosto perché la morte è preferibile all'essere state volutamente abbandonate, perché a una sorte crudele ti puoi arrendere, ma come puoi rassegnarti alla realtà di un genitore cui non importa di te? E adesso, che sto per morire, devo sopportare il dolore di tutta una vita!»

«Ma perché ti sei fissata che stai per morire se stai benissimo! Le ultime analisi sono una bomba! Hai il colesterolo più basso del mio.»

«Non cambiare discorso! Lo sai che ho ragione.» Parmenide mi fissa con aria di accusa come se fosse colpa mia del bisnonno traditore.

«Zia... ma piuttosto, che tu ricordi, tua madre riceveva una pensione di guerra?»

«Io non so... ma non abbiamo mai avuto problemi economici... anzi. Io e tua nonna abbiamo potuto studiare danza e musica. Non credo costasse poco ma ho sempre pensato che riuscisse a mantenerci solo con il suo lavoro di sarta.»

«E tua madre... non si è mai risposata... o insomma, non ha mai trovato un altro compagno?»

Mi guarda sbalordita come se avessi detto la cosa più assurda possibile. «Erano tempi diversi... Non si sarebbe sentita a posto. Però che spreco! Era molto bella – non lo dico perché era mia madre. Tua nonna le somigliava, mentre a me ha sempre detto che io somigliavo a mio padre, gli occhi specialmente, ed è una cosa di cui mi sono sempre sentita orgogliosa. A questo punto mi chiedo: orgogliosa di che?»

«Non giungiamo a conclusioni affrettate...»

«Sono le conclusioni che non abbiamo voluto vedere per una vita intera perché ci faceva comodo così. Le domande io me le sono fatte, ma mi davo le risposte più facili... Impara, Angy, tu che ancora puoi fartene qualcosa delle lezioni della vita: vai sempre oltre.»

Non le dico niente a proposito della mia ricerca. Se otterrò risultati – e dipenderà da che tipo di risultati – gliene parlerò. Intanto, un po' parafrasando mia madre, mi affretto a negare le sue ipotesi e a smontarne il razionale, anche se so che da un punto di vista logico non fanno una piega. Lei mi ringrazia per lo sforzo, ma non è per niente convinta.

Ogni mercoledì pomeriggio incontro Giusy per continuare privatamente le nostre lezioni d'inglese. Argomento di oggi: i nomi collettivi, uno dei miei capitoli preferiti di grammatica. Non è semplice onomastica ma un capolavoro di capacità descrittiva. Gli inglesi ci fanno impallidire con *a flamboyance of flamingos.* Perché chiamarlo «stormo», quando puoi evocare un «tripudio di fenicotteri»?

«Ma il mio preferito è *a kaleidoscope of butterflies,* un caleidoscopio di farfalle», affermo sognante.

«Il mio è *an ostentation of peacocks.* Un'esibizione di pavoni. Maestoso.»

Mentre Giusy elenca *a raft of otters, a murder of crows* e *a bloat of hippos,* sento l'arrivo di una e-mail e me ne lascio totalmente assorbire.

L'efficiente impiegato del ministero mi ha inviato una scansione del foglio matricolare di Angelo Focante che ha ottenuto direttamente dall'Archivio di stato. Matricola 5459, nato il 21 giugno del 1917, figlio di Luigi e di Longo Edvige, statura 1,72 torace cm 88, capelli castani, occhi azzurri, viso lungo, naso retto, mento regolare, colorito roseo, dentatura sana, arte o professione agricoltore, titolo di studio quarta elementare, trasferito alla divisione Artiglieria del 12° Corpo d'armata in data 26/7/1941. Nella parte inferiore del foglio, nella sezione ARRUOLAMENTO SERVIZIO E PROMOZIONI, Angelo Focante risulta infine «*prigioniero di guerra di reparti alleati nel fatto d'armi di Messina. Trasportato in Inghilterra 3 agosto 1943*».

L'impiegato aggiunge:

> Personalmente trovo strano che non ci siano notizie del rimpatrio e che altresì non sia presente un certificato di irreperibilità che di fatto era valevole ai fini pensionistici, il che mi fa ritenere più probabile che sia rimasto in Inghilterra volontariamente. Peraltro, forse le interesserà sapere che la prigionia in Inghilterra si caratterizzava per un maggior rispetto dei diritti umani, se raffrontata a quella in Germania o in Russia, ove in effetti si calcolò un grande numero di dispersi, vale a dire gente morta in circostanze mai chiarite ma intuibili. Una strada per avere ulteriori notizie potrebbe essere contattare il Commissariato generale per le onoranze ai caduti di guerra. Per avere informazioni sulla prigionia in Inghilterra posso invece suggerirle di contattare i National Archives di Londra, dove potrà consultare le carte del Foreign Office e del ministero della Guerra.

«Prof, che mi dice di *an implausibility of gnus*?» prosegue Giusy con i nomi collettivi – e in effetti «un'implausibilità di gnu» sarebbe meritevole di commento – ma io gli rispondo vagamente perché sono troppo presa dalla conferma che Angelo non è morto, quantomeno non nel 1943 e non in seguito agli scontri successivi allo sbarco degli Alleati. Un altro pezzo del puzzle va al suo posto: Angelo è stato deportato in Inghilterra e, probabilmente, da lì non è più tornato. Peraltro, se la mia bisnonna Maria, come ritiene Edvige, sapeva la verità, e cioè che il marito le aveva lasciate per rimanere in Inghilterra, questo potrebbe spiegare il motivo per cui non sia andata fino in fondo esigendo un certificato di irreperibilità che anni dopo si sarebbe tradotto – almeno da quel che ho capito – in un atto di morte e in un possibile vantaggio economico per lei e le figlie. La mia impressione è che i fatti più segreti tra Angelo e Maria siano destinati a rimanere tali, eppure io non intendo fermarmi qui.

Ed è mentre Giusy cita *a pride of lions*, «un orgoglio di leoni», che mi viene in mente per la prima volta l'idea di andare in Inghilterra per capire qualcosa di più sulla strana storia di Angelo Longo (o Focante?) di Chaverton House.

6.

Prima di partire per l'ignoto forse è più saggio scrivere in via esplorativa a chi si occupa oggi di Chaverton House. Ho visitato ogni sezione del sito web dedicato alla tenuta, tuttora in possesso di Lord Matthew Hasbury, che non avrà meno di ottant'anni a giudicare dalle foto. Magari con un po' di fortuna potrebbe aver conosciuto Angelo.

È possibile visitare la dimora individualmente e in gruppo, ecco quindi il senso commerciale del sito attraverso cui effettuare le prenotazioni o accedere a uno shop online in cui comprare roba totalmente inutile tipo tazze di Chaverton House o con la scritta GOD SAVE THE QUEEN. Tra l'altro, cosa non di scarsa rilevanza, Chaverton House è la stessa villa di quella serie TV abominevole che è *L'orfana di Mallands Park*. Chaverton di fatto *è* Mallands Park. Io ho visto solo la prima puntata, perché ovviamente una storia in costume in Inghilterra non poteva che interessarmi, ma non è scattata la scintilla e l'ho abbandonata senza rimpianti. Niente a che vedere con la mia amatissima *Downton Abbey*.

La cosa che mi sembra più sensata è sfoderare il mio miglior inglese e scrivere a theoffice@chavertonhouse.co.uk per chiedere che la mia e-mail venga inoltrata direttamente all'attenzione di Lord Hasbury. Ma come ci si rivolge a un Lord? Vostra Grazia? Faccio una ricerca e perdo mezz'ora per non capirci un tubo. Alla fine esordisco con un generico *My Lord* e scusandomi per il disturbo gli domando se gli risultano notizie del mio bisnonno Angelo Longo che presumibilmente ha lavorato a Chaverton House negli anni Cinquanta.

Concludo con un *your humble servant, Miss Angelica Bentivegna* che mi fa rimpiangere la rivoluzione francese e invio.

Prima o poi, spero, riceverò risposta.

Nel frattempo ho sostenuto qualche colloquio di lavoro, una buona scusa per vestirmi bene e sentirmi in gioco. Mi hanno offerto alcune traduzioni, piccole cose ma sempre meglio di niente, specie in vista di un'estate che si preannuncia magra.

Il punto più alto della mia settimana è però accompagnare Parmenide e la zia dal veterinario. La malefica bestiola ha perso l'appetito e la zia, che è entrata in una spirale di pessimismo e malumore, lo vede già imboccare l'arcobaleno degli animali domestici. Il veterinario mi chiede di tenerlo stretto mentre incannula una vena, dato che la zia si rifiuta di farlo – «Mi fa impressione oddiopoverabestiolinamia» – e finalmente a Parmenide viene offerta l'occasione che sognava da tutta la vita, ossia vomitarmi addosso un «bolo di peli». Uscita dall'ambulatorio puzzolente di rancido penso che non possa andare peggio di così, ma evidentemente no: posso ancora essere silurata da quegli snob di Chaverton House.

Mittente: Ufficio di Chaverton House

Gentile signorina Bentivegna,
la ringraziamo per la sua e-mail.
Tuttavia non è possibile rivolgere un simile quesito a Lord Hasbury, che è escluso possa ricordare personalmente tutti i nomi di ciascun impiegato in una tenuta che dà lavoro a non meno di un centinaio di persone.
Le porgiamo i più cari auguri per le sue ricerche.
Cordialmente,

Ufficio di Chaverton House

«Angy, ti sei rabbuiata. Stai bene?» mi chiede la zia. «Ce l'hai con questo povero angioletto?» aggiunge, mentre un redivivo Parmenide mi fissa con i suoi occhi gialli e un guizzo di appagata cattiveria.

«No, zia, l'importante è che stia bene.»

«Infatti. Però stavo pensando… andiamo in quel negozio di cose di seconda mano che ti piace tanto e ti compro una camicetta di seta?»

«Non occorre zia…» rispondo a malincuore, ma solo per buona educazione. Mi piacerebbe moltissimo un regalino e al secondo colpo, timida e fintamente pudica, accetterò con gioia.

La zia starebbe pure per insistere ma Parmenide inizia a rantolare e a far intendere di voler uscire dal suo trasportino per tornare a casa a rifarsi le unghie sul divano. La zia non è in grado di negargli alcunché. «Niente, Angy, rientriamo. Il mio piccolino è molto provato dalle emozioni della giornata. Usciamo domani, che dici?»

Rientrata a casa non so se ho più stizza verso Parmenide o quelli di Chaverton House. E una volta tanto non sono dell'umore per essere accomodante.

Gentile Ufficio di Chaverton House,
mi scuso per l'evidente disturbo che ho arrecato. Tuttavia non posso fare a meno di farvi presente che pur essendo improbabile, è comunque possibile che Lord Hasbury abbia memoria della persona di cui ho chiesto notizie. Aggiungo che se non fosse importante non oserei importunarvi e domandando scusa per l'insistenza, rinnovo la mia preghiera di inoltrare la mia e-mail a Lord Hasbury.
Cordialmente,

Angelica Bentivegna

E l'indomani:

Mittente: Ufficio di Chaverton House

Gentile signorina Bentivegna,
pur trovando lodevole il suo impegno nel portare a termine una ricerca di tale importanza, siamo spiacenti di confer-

marle che Lord Hasbury non ricorda la persona di cui ha chiesto notizie.

Con i nostri migliori auguri,

Ufficio di Chaverton House

Che cosa fastidiosa che non utilizzino il nominativo del mittente. Che vuol dire Ufficio di Chaverton House? Dietro c'è sicuramente una persona con un nome e cognome che si è presa la briga di rispondermi con un piglio un po' altezzoso.

Sento venir meno la determinazione, che non è proprio la mia dote più spiccata. Ma alla fine decido di fare un ultimo disperato tentativo...

...che non è fallimentare, ma quasi.

Ho scritto al municipio di Yetminster, la cittadina più vicina a Chaverton House, per una ricerca anagrafica ma mi è stato risposto che è necessario presentarmi personalmente.

E così quella che era un'idea vaga assume contorni più definiti. Faccio un biglietto di sola andata per Londra, prenoto una stanza in un piccolo B&B economico e preparo un bagaglio comodo.

Alla zia dico che parto per andare a trovare un'amica. I miei mi chiamano separatamente per dirmi ognuno la stessa cosa: Angelica rimettiti in riga, che ci sembri un po' sfasata. Ma, dico io, tutti hanno tra le proprie conoscenze qualcuno che è uscito dagli schemi, che hai preso per pazzo perché con niente in mano è partito per la Nuova Zelanda e ci è rimasto e ora è lì felice alla faccia tua. Ecco, io sono quella conoscente lì, quella che si adatta a tutto, quella che molla la scuola, poi lavora in un panificio, poi però a scuola ci ritorna, o forse anche no.

Non mi chiedo cosa ne sarà di me, non mi importa costruirmi mattone su mattone una stanza tutta per me che alla fine si rivelerà una cella. Io sono una mina vagante, rifiuto l'ordine come stile di vita e le imprimo una direzione seguendo la scia di un dolce profumo.

7.

Sbarcata a Gatwick prendo un pullman che due ore dopo mi porta a Yetminster. Il tempo è quello che ci si aspetta in Inghilterra: non si può dare credito al sole, che dopo cinque minuti va a nascondersi dietro i cumulonembi. L'odore della pioggia è penetrante, l'aria densa e appiccicosa. Scarico in camera il bagaglio e sfrutto l'ora in meno per andare al municipio, che è ancora aperto.

L'impiegato mi fa compilare un modulo e mi parcheggia in sala d'attesa fino a quando fa capolino nella stanza per porgermi delle fotocopie. Dapprima ho chiesto di Angelo Longo, senza risultato. Così ho tentato con Angelo Focante e mi sembra incredibile che sia così semplice: ho tra le mani il certificato anagrafico del mio bisnonno, che risulta residente in Inghilterra dal 1945 fino al 1966, l'anno in cui è morto. Giovane, in verità. Appena quarantanove anni. Non prese mai moglie, non diventò mai cittadino inglese. Risultava nato il 21 giugno 1917 a Mondello, e questo corrisponde precisamente con i dati riportati sul foglio matricolare di Angelo Focante.

L'altro documento che mi porge è la richiesta da parte di Angelo di cambiare cognome da Focante a Longo, richiesta che tuttavia gli è stata negata.

«In Inghilterra è complicato cambiare nome?» domando all'impiegato che mi ha aiutata.

«Niente affatto: è possibile senza particolari formalità. Di norma il cambiamento è dichiarato mediante un documento molto semplice che si chiama *deed poll.*»

«Allora perché questa richiesta è stata rifiutata?»

L'impiegato scuote il capo. «Perché oggi è molto facile, ma ai cittadini stranieri era proibito cambiare nome fino al 1971. Poi questo divieto venne abolito.» E infatti, anche se in quella busta si firmò come Angelo Longo, all'anagrafe inglese è sempre risultato Angelo Focante. E quindi sulla sua identità non sussistono più dubbi: il mio bisnonno non è morto in guerra nel 1943, bensì fu un prigioniero degli inglesi che trovò preferibile la vita da suddito di Sua Maestà al rientro in Italia da bravo marito e padre di due bambine piccole. Non gli fu possibile cambiare nome, ma per i contatti con il fratello ritenne più prudente firmarsi con un altro cognome. Perché?

Alla voce PROFESSIONE, Angelo Focante risulta FARMER, «contadino». Era quello che faceva anche prima della guerra, in Sicilia. È facilmente intuibile: tutti gli uomini in buona salute e di età adatta a lavorare erano al fronte. Chi si occupava delle terre degli inglesi?

L'indirizzo del mio bisnonno è stato Chaverton House fino al 1965, quando si trasferì al numero 39 di Amersham Hill. Che casualità, lasciò Chaverton l'anno prima della morte.

Se non mi perdo, è a dieci minuti a piedi da qui: che mi costa andare a fare un paio di domande a chi adesso abita lì?

Una piccola palazzina in pietra con il bovindo è esattamente quel che mi aspettavo. Ospita due abitazioni e busso alle porte di entrambe, ricevendo dagli abitanti un trattamento molto diverso. Uno mi scaccia prendendomi per un'esponenente del genere di setta religiosa che annuncia l'Apocalisse – non capisco perché; l'altro invece mi invita a entrare e mi presenta sua moglie Helen. Si tratta di una coppietta di ottantenni che ha sempre vissuto qui: quest'appartamentino con giardino retrostante è il loro gioiello e non hanno mai desiderato spostarsi altrove. E sì, ricordano Angelo, certamente. Che fortuna! E per di più mi servono la più classica delle tazze di tè.

«Angelo viveva da solo», mi spiega Helen, insistendo poi

sul fatto che il tè senza latte non val proprio la pena di essere bevuto. «Era una persona molto riservata...»

«Per riservato... intende taciturno? Scontroso?»

«No, no. Era gentile se ne aveva l'occasione, ma... era di poche parole.»

«Sapete come è morto?» domando.

«Credo un infarto. Ma ebbe un bellissimo funerale, sa? C'era una donna che piangeva inconsolabile, questo me lo ricordo. Volevo avvicinarmi per un saluto, ma alla fine ho pensato che fosse meglio evitare. E poi partecipò Lord Hasbury in persona, non è una cosa che si vede spesso!»

Mi si drizzano le antenne: ovviamente l'Ufficio di Chaverton House mi ha rifilato una bugia tanto per liquidarmi.

«Che lei sappia, Helen, c'è una comunità di italiani qui? Conosceva gli amici di Angelo?»

«Non personalmente, mi dispiace. Ma forse può chiedere a Chaverton House? Ha lavorato lì per tutta la vita – fu tanto sfortunato in verità. Quando è morto non aveva nemmeno cinquant'anni.»

Sarebbe una bella idea, sarebbe! Ma se mi presento al cancello chiedendo di Lord Hasbury finisce che mi becco una denuncia per stalking.

«Nell'appartamento a lato è rimasto per poco tempo», prosegue Helen. «Ci raccontò che era stanco di vivere nella tenuta e desiderava essere più vicino al paese.»

Il marito si intromette timidamente, rivolgendosi alla moglie. «Ma mi ricordo male, o ci disse che presto non sarebbe stato più da solo?»

«Cielo, è vero. Ci disse che i suoi giorni da scapolo erano finiti!»

D'altra parte c'era da aspettarsi che si fosse rifatto una vita e probabilmente aveva lasciato Chaverton proprio per andare a vivere con una nuova compagna. Magari era quella che piangeva al suo funerale.

«Vi ha mai parlato di una moglie, o di figli?»

Helen fa cenno di no con il capo.

«Ha raccontato com'era arrivato in Inghilterra?»

Helen annuisce. «Ci ha detto che arrivò come prigioniero durante la seconda guerra mondiale. Lo misero a lavorare dapprima in un campo, poi lo trasferirono a lavorare le terre degli Hasbury a Chaverton House. Alla fine della guerra è rimasto qui.»

Non voglio insistere ulteriormente, la situazione è già abbastanza bizzarra così, con una bisnipote alla ricerca dell'avo scomparso in Inghilterra. Non credo che Helen e suo marito possano dirmi di più e so qual è l'unica cosa che mi resta da fare adesso: infiltrarmi a Chaverton House come una comune visitatrice.

Rientro a piedi al B&B e mi siedo sul copriletto bordeaux che ha l'aria di non essere lavato da un bel po'. Lo tiro via, lo ripiego e lo infilo nell'armadio. Per cena raggiungo un pub vicino, l'Uncle Tom Ale and Cider. Le strade sembrano vuote, ma il pub pullula di uomini di mezza età che bevono la loro pinta di birra della sera. Mi collego al wifi a scrocco e cerco notizie sui prigionieri di guerra. Incrociando i dati trovo conferma da un vecchio articolo sul «Daily Mail» che in effetti Chaverton House ospitò (per così dire) una ventina di deportati italiani che furono assegnati a lavori agricoli.

Finisco con lo scorrere conversazioni in un forum di appassionati di storia militare. Uno degli iscritti riporta che una volta ebbe modo di parlare con un suo compaesano che fu prigioniero di guerra in Inghilterra. «Diceva scherzando che quegli anni furono i più belli della sua vita!» In effetti, da quel che riesco a capire, la gran parte delle testimonianze concorda che il trattamento dei nostri connazionali nel Regno Unito fu molto civile. Esemplare. Accogliente, quasi.

Forse troppo?

8.

Le visite a Chaverton House sono sospese per una settimana per manutenzione ordinaria. Che fastidiosa mancanza di tempismo, la mia.

Ma poiché ormai sono qui, e certamente non potrò rimanere a oltranza, decido di presentarmi ugualmente all'ufficio informazioni e chiedere di persona un appuntamento con Lord Hasbury.

I raggi del sole filtrano dai finestrini dell'autobus sporchi di schizzi di fango; è una giornata tiepida e mite e lo prendo come un buon segno. La fermata è a cinquanta metri dall'ingresso principale della tenuta. Acri e acri di campi lo separano dalla dimora, che resta nascosta alla vista. Non mi resta che armarmi di coraggio e di faccia tosta e percorrere il sentiero che conduce fino alla casa. Non è un tragitto breve, ma è molto suggestivo: i prati di un verde intenso e brillante sono puntellati qui e lì da sciami di piccoli fiori bianchi e gli alberi torreggiano ai margini della stradina di ghiaia che crepita sotto le mie scarpe di gomma.

Mi sembra di aver camminato per mezz'ora quando mi si apre davanti un placido specchio d'acqua e, sullo sfondo, avvisto i frontoni in stile olandese di Chaverton House, ancora più imponente di quanto non sembrasse in fotografia. E in un attimo è come se fossi in una di quelle tenute di cui ho infarcita l'immaginazione da quando ho iniziato a leggere i classici inglesi. Ho attraversato un varco tra libri e realtà e sono finita a Pemberley. O Brideshead. O Thornfield Hall. Trovi sempre una dimora di campagna in un classico inglese che si rispetti.

Chaverton non si trova semplicemente in questo grande parco, ma è quasi un suo naturale sviluppo, in perfetta armonia con il resto. I suoi colori sono morbidi, caldi, con la valeriana rossa che spunta dalle fessure. I tetti sono alti, spioventi, ornati da numerosi comignoli. La sua è una bellezza tranquillizzante e oso dire che qualsiasi gentiluomo di campagna (e soprattutto gentildonna, se è per questo), amerebbe Chaverton.

Varco l'ingresso delimitato da due tuie cui sono state mozzate le punte e mi imbatto in una signora con i capelli grigi raccolti in uno chignon basso, le scarpe con il tacco cinque centimetri e un tailleur che le va un po' stretto.

La saluto timidamente, al che lei mi chiede: «Posso aiutarla?».

«Sì... sono qui per chiedere un appuntamento con Lord Hasbury.»

La signora appare confusa. «Perché?»

«Sto facendo una ricerca sui prigionieri che lavoravano a Chaverton House durante la seconda guerra mondiale.»

«È una studiosa? Lavora all'università?» mi interroga. Sulla giacca del tailleur ha una spilla: si chiama Mrs Brightside, come la canzone che non richiesta inizia a imperversarmi nella testa.

«No. È una faccenda personale. Il mio bisnonno era uno di loro.»

«Oh. Be'. Capisco. Meglio che aspetti qui», dice facendo scattare la serratura di una porta che fa da ingresso a un piccolo locale spoglio.

Almeno c'è una sedia, e anche se ha l'aria di non essere affatto comoda, io ho camminato a lungo e non desidero altro.

La finestra con la vetrata all'inglesina meriterebbe una bella pulita, ma nemmeno gli aloni di numerose piogge possono sottrarre bellezza alla vista che si gode dall'interno. Sul davanzale, come in castigo, un vaso cinese sbeccato. Con le mani conserte in grembo aspetto che Mrs Brightside, o chi per lei, si ricordi di me.

Il tempo passa scandito da un vecchio e rumoroso pendolo in un angolo della stanza. Sono presto stanca di stare seduta e mi avvicino alla finestra sfiorando il collo del vaso, in un gesto suggerito dalla noia più che dall'interesse, quando la porta si apre alle mie spalle.

«Miss?» mi sento chiamare da una voce maschile. «Sta aspettando me?» Parla in inglese ma ha un'inflessione familiare.

«È italiano?» gli domando.

«Sì», risponde lui seccamente.

È molto alto e ha una corporatura asciutta, quasi esile. I capelli sono corti e molto scuri. Il viso è affilato – non ha quella che in romanzi di un certo tipo sarebbe descritta come una mascella poderosa – e le sopracciglia sono regolari, due virgole corrucciate su uno sguardo azzurro e vigile. Ha qualcosa di antiquato, forse il taglio di capelli un po' anni Trenta, forse i pantaloni infilati dentro un paio di vecchi stivali di cuoio. Accanto a lui un cagnetto tipo bracco molto malandato, con il muso sbiancato e la testa inclinata di lato, come se avesse avuto un ictus.

«La manda l'agenzia?» mi chiede quindi, in italiano.

«No.»

«Ah. Scusi, è che per oggi aspettiamo una persona. Ma se è qui per visitare la tenuta, mi dispiace, i tour sono sospesi.»

«Sì, sì, lo so. Ma non è per una visita. Non di quel tipo, per lo meno. Io vorrei parlare con Lord Hasbury. Sono venuta appositamente dall'Italia... avevo anche scritto per chiedere informazioni...»

«Lei è... Angelica?»

«Sì...»

«La stessa Angelica che ha scritto per chiedere notizie di un suo trisavolo italiano?»

«Bisnonno», rispondo, con gli occhi bassi.

«Ha già ricevuto una risposta, mi risulta.» Non è scortese, ma il modo in cui mi scruta soppesando la mia persona è supponente.

«Un po' frettolosa, a essere sincera. È lei l'Ufficio di Chaverton House?»

«No. Ma sono al corrente del vostro scambio di e-mail.»
«A tal proposito mi permetto allora di suggerire che le relazioni con il pubblico sono un tantino migliorabili.»
«Grazie. Prendo nota.» Temo però che sia sarcastico.
«Anche perché mi è stato detto che Lord Hasbury non ricorda il mio bisnonno ma io so per certo che è stato al suo funerale.»
«Le due informazioni non sono in contraddizione», si difende. «Il funerale quando è stato?»
«Nel 1966.»
L'italiano inarca un sopracciglio. «Non aggiungerò altro.»
«Ma comunque a me servono informazioni sui prigionieri ospitati qui durante la seconda guerra mondiale», dico ribadendo ormai la solita solfa. «Non solo informazioni sul mio trisavolo, come lo chiama lei. È impossibile che Lord Hasbury non abbia niente da dirmi su questo. Mi creda, è importante.»
«Ha provato a chiedere informazioni alla Croce Rossa Internazionale?» domanda lui e io sbianco.
«No.»
Cala il silenzio. «Non per impicciarmi nelle sue ricerche che, evidentemente, lei sta conducendo con zelo, ma chi se non la Croce Rossa può darle notizie sui prigionieri di guerra?»
«È un'ottima idea», sono costretta ad ammettere. «Non ci ho proprio pensato.» Ma non voglio passare per sprovveduta, anche perché non è vero. Ho fatto tanti passi di cui sono molto fiera per essere qui, vicina il più possibile alla verità sul mio bisnonno. «E comunque non è detto che la Croce Rossa sappia fornirmi le informazioni di cui ho bisogno.»
«Del genere?» mi chiede lui.
«Be' se permette sono... fatti privati.» Non ho intenzione di aprire il vaso di Pandora della fuga di Angelo Focante con un perfetto sconosciuto che non solo non è in grado di darmi nessun aiuto, ma per di più non sembra nemmeno tanto propenso a farlo.
«Oh, certo. Mi scusi», risponde lui, ma sembra un po' beffardo.

«Comunque. Almeno per spirito di collaborazione tra connazionali, potrebbe aiutarmi a ottenere un colloquio con Lord Hasbury?»

L'italiano inclina il capo, in una curiosa simmetria con quello storto della sua bestiola.

«Okay. Se è tanto importante per lei...» dice scettico. «Mi aspetti qui.»

«Con chi ho parlato io?»

«Prego?»

«Voglio dire, come si chiama lei? Così se qualcuno dovesse entrare di nuovo almeno rispondo che sto aspettando sue notizie.»

«Sono Alessandro. Qui mi chiamano Alex.»

«Piacere Alex, io sono Angelica.»

«Lo so.»

«Giusto.»

«Aspettami qui», conclude passando al *tu*, le formalità forse vinte dall'amor di patria. Lo seguo con lo sguardo mentre si allontana e c'è un dettaglio cui non avevo fatto caso. Alessandro zoppica leggermente. Il suo cane lo segue con passo lento e un po' storto.

Visti da dietro appaiono un duo dall'aria tremendamente disgraziata.

9.

Non mi ero fatta un'idea su Lord Hasbury: esisteva tra i miei pensieri senza alcun preconcetto. Ma certamente nemmeno il mio sogno più remoto avrebbe incluso l'ipotesi che Lord Hasbury potesse essere tanto amabile e accogliente. Malgrado sia un po' fatuo – basta niente e gli parte la ridarella che mette in mostra una dentiera luccicante e un po' ballerina – è un grande signore sulla strada del rimbambimento che del passato ricorda cose random. In piedi e poggiato alla mensola del grande camino in marmo nero, il mio connazionale camuffa uno sbadiglio. Sulla stessa parete, in una cornice dorata, il ritratto di una vetusta nobildonna con abiti vittoriani e boccoli grigi ai lati del volto tondeggiante. Ha occhi così penetranti che sembrano fissarmi dalla tela.

«Alex, hai fatto portare un tè a questo dolce fiorellino?» domanda Lord Hasbury.

«Gliel'ho chiesto, ma preferisce di no», ribatte lui.

«E quindi, le servono informazioni sui prigionieri di guerra che hanno lavorato qui a Chaverton», ripete, e giuro, è la terza volta.

«Sì. Di Angelo Focante, in particolare.»

«Angelo... Buon Dio, io però li confondo. Uno era Angelo, l'altro Umberto...» e poi pronuncia comicamente con un accento che più *posh* ce l'ha solo la regina, il cognome «Taratufolo». «Loro all'inizio vennero qui come prigionieri, poi furono rimpatriati, ma solo per qualche settimana, non di più, perché fecero domanda per tornare e mio padre li assunse entrambi. Lui li ha sempre considerati dei bravi ragazzi e instancabili lavoratori, e quando ho ereditato la tenuta li ho lasciati al loro posto.»

«Vivevano qui?»

«Per un certo periodo sì, c'era un magazzino vicino alle terre che fu convertito in alloggi dove loro hanno sempre vissuto. A tutt'oggi il personale di servizio lo collochiamo lì, offrire una sistemazione è una buona soluzione per risparmiare sul compenso», aggiunge, ridacchiando. «Alex, hai fatto portare il tè a questa dolce bambina?»

«Ha declinato», ripete pazientemente il mio connazionale, che devo presumere sia forse il maggiordomo. Ma in effetti, esiste ancora il maggiordomo?

«Lei è nipote di Angelo o di Umberto?»

«Angelo era il mio bisnonno.»

«Era sposato, infatti. Aveva una bambina bella florida. La moglie si chiamava… non mi ricordo.» Impallidisco. Il bisnonno era bigamo, dunque? «Ah no, aspetti, quello era Umberto. La mia povera testa.»

Adesso capisco perché mi è stato risposto che non era il caso di porre domande a Lord Hasbury. Non sappiamo mai cosa si cela realmente dietro un gesto che può apparire scortese e non dovremmo giungere a conclusioni affrettate. Anche se poi il nome di Umberto Taratufolo potrebbe tornarmi utile, non si sa mai – sperando che Milord non abbia fatto di nuovo confusione. Chi meglio di un commilitone diventato poi anche collega di fatiche potrebbe conoscere le ragioni dell'abbandono di Angelo?

«Vede, questo me lo ricordo bene perché anche se io ero ragazzino mio padre se ne compiaceva molto: qui a Chaverton gli stranieri erano stati trattati con rispetto. Venivano pagati ogni settimana e di tanto in tanto mio padre consentiva loro di andare a caccia nella tenuta per mangiare un po' di carne. E il loro alloggio non era mai chiuso a chiave: non erano come carcerati, capisce? Ecco perché due vollero tornare. Si erano ambientati bene. Mi meraviglio che non siano tornati tutti e venti!»

Faccio un sorriso di circostanza prima di osare chiedergli: «E ricorda, per caso, se Angelo ha mai parlato di una famiglia?».

«Bimba mia, mi chiede troppo.»

Non ci speravo davvero. «E Umberto, sa se è morto?»

«Ecco... non lo so, ma lo trovo probabile... se avevano almeno vent'anni negli anni Quaranta... anche se, pensando al duca di Edimburgo...» Scende il silenzio. «Alex, hai fatto portare del tè a questo dolce bon-bon?»

«Non ne gradisce», risponde lui, imperturbabile.

«Sa che anche il nostro Alex è italiano? Che dire, gli Hasbury hanno un legame speciale con voi!» Annuisco educatamente, rivolgendo un'occhiata ad Alessandro, poi alla donna del dipinto, poi di nuovo a Lord Hasbury. «Alex è il marito di mia nipote e da quando mio figlio è morto, è anche l'Estate Manager di Chaverton.»

«Mi dispiace per la sua perdita», dico, compita.

«Be', mia cara, è la vita. Io però adesso vorrei riposare. Purtroppo non ho altri ricordi da condividere con lei.»

«Parlarle è stato davvero utilissimo, Lord Hasbury. Non so come ringraziarla.»

«*Nonsense!*» dice, mettendosi in piedi. «Le auguro un buon rientro in Italia», conclude, porgendomi la mano con calore. Poi guarda anche lui la donna del dipinto e la saluta chiamandola Sophia.

«Non ti muovere», mi dice Alessandro perentorio, mentre lo accompagna fuori dalla stanza.

Resto seduta sul divano, i piedi poggiati su un enorme tappeto orientale verde chiaro, a fissare l'elaborato tripudio di intarsi dell'alto soffitto. Non oso muovere un muscolo – mi sento osservata e messa in soggezione dalla Sophia Hasbury di epoca vittoriana – fino a che Alessandro non rientra nella sala, scortato dalla sua bestiola moribonda.

«Soddisfatta?» il suo tono sembra ironico ma non voglio essere tendenziosa. Mi piace credere nella buona fede degli sconosciuti – anche se fa un po' Blanche DuBois.

«Ti sembrerà strano, ma sì.»

«Ti accompagno all'uscita.»

«Posso chiederti un ultimo grande favore?»

«Ti stai un po' approfittando della gentilezza tra italiani all'estero.»

«Mi faresti vedere l'alloggio dei contadini?»

Lui sgrana gli occhi.

«Non insisto», dico facendo spallucce, ben lontana dal sentirmi offesa. Era un capriccio, in effetti; e poi uscita da qui ho il mio bel da fare per cercare Umberto Taratufolo. Devo anche scrivere alla Croce Rossa Internazionale, come l'Estate Manager mi ha saggiamente suggerito.

Attraversiamo l'arco dell'ingresso e dinanzi a noi si apre lo scenario della verde vallata del Dorset.

«Mi chiedevo... ci sarà conservato un registro... non so, un libro paga?»

«Dei dipendenti di Chaverton House?»

«Sì.»

«Certo.»

«Mi rendo conto che ti sto chiedendo uno sforzo sovrumano, ma potresti trovare l'indirizzo del signor Taratufolo?»

«Mi hai preso per l'ufficio anagrafe?»

«Non ti costerebbe niente...»

«Questo non puoi saperlo.»

«Facciamo così. Io ti lascio il mio numero. Se poi ci riesci... me lo fai sapere.»

«Non occorre. Mi procuro la tua e-mail, se mi serve. Il golf cart è qui dietro, però.»

«Il golf cart?» ripeto.

«Non volevi vedere l'alloggio dei contadini?»

«Credevo che mi avessi liquidata!»

«Vuoi andarci a piedi? Sfortunatamente non potrei accompagnarti», dice, allargando le braccia, e capisco che allude alla sua gamba.

«No, no. Non a piedi.»

«E allora vieni con me.»

10.

Alla fine si è trattato di una gita di dieci minuti tanto per vedere da fuori – visto che è abitato e non è possibile entrarci – il piccolo alloggio dei contadini in cui ha vissuto il mio bisnonno. Una dépendance non troppo suggestiva: poco più di un ex magazzino con poche finestre, un comignolo e infissi da rimodernare. Capisco perché a un certo punto abbia preferito l'appartamento di Amersham Hill.

«*Voilà*», dice Alessandro, che si aspettava che la visita fosse un flop, ma non ha speso energie per dissuadermi.

«Ammetto che vederlo non mi ha cambiato la vita.»

«Ma chi sono io per criticare un po' di sentimentalismo», ribatte, poggiando le mani sul volante del golf cart, pronto a ripartire. La sua bestiola lo fissa stancamente dal sedile posteriore.

«Come si chiama?» chiedo, allungando le dita per fargli una carezza.

«Oliver.» A Oliver piacciono le carezze e strofina il muso contro il dorso della mia mano per chiederne ancora. Quando era giovane e vigoroso doveva essere un esemplare bellissimo – e la stessa cosa in realtà può dirsi del suo padrone, che ha in sé un'eleganza tutta sua, splendida ma decaduta.

«Sta... bene?»

Lui corruga la fronte. «Ha visto giorni migliori.»

«E senti, Alex... Da quanto tempo vivi in Inghilterra?» Non è cortese tartassarlo di domande, ma tanto non lo rivedrò più. E io sono sempre curiosa delle vite degli altri, forse perché spero che siano più interessanti della mia.

«Sono arrivato per un master in economia. Ma come il tuo bisnonno, non sono più tornato in Italia.»

«Prigioniero anche tu?»

Continua a guardare la strada mentre replica, con tono piatto: «Diciamo così».

Nel frattempo il golf cart ha già svoltato verso l'ingresso di Chaverton e credo proprio che la mia visita sia finita. «Sei stato davvero gentile. Tanto. Se posso sdebitarmi in qualche modo...»

«Mi basta che mi ricordi nelle tue preghiere.» Penso stia scherzando, ma non indago oltre. Io prego poco, ma se ci tiene, lo ricordo volentieri.

«Be', allora ciao...»

«Ciao, Angelica.»

Il download del form da compilare per richiedere alla Croce Rossa informazioni sui prigionieri di guerra è di una lentezza estenuante, ma alla fine riesco a salvarlo in una chiavetta e chiedere alla reception la cortesia di stamparlo.

Lo redigo in ogni punto, lo scannerizzo, e lo inoltro. Il mio scopo è conoscere quale fosse il campo in cui Angelo è stato prigioniero prima di essere trasferito a Chaverton. Peraltro è possibile che la Croce Rossa conservi ancora la corrispondenza: di fatto era mediatrice dei rapporti tra paese ospitante e prigioniero. Nulla di strano quindi che sia successo a molti di richiedere le lettere dei propri parenti e di vedersele recapitare. Non è detto che ce ne sia qualcuna di Angelo, ma non è improbabile. In effetti ha ragione Alessandro: su una pagina Facebook trovo riportate molte esperienze di persone nelle mie stesse condizioni che hanno ottenuto notizie su genitori, nonni, zii, proprio attraverso la Croce Rossa.

Magari il mio bisnonno non era altro che un uomo vile, come purtroppo ce ne sono molti altri, ma io voglio concedergli il beneficio del dubbio e capire le sue ragioni.

Poi mi viene in mente che essendo morto potrebbe aver lasciato degli averi. Non credo che guadagnasse molto, ed è evidente che la mia prozia non ne sa niente, ma forse dovrei informarmi presso un notaio di qui per qualche ulteriore notizia che possa aiutarmi a ricostruire il quadro complessivo. Sul retro di una mappa di Yetminster annoto tre punti fondamentali:

- *Croce Rossa* (e storno con soddisfazione)
- *Notai*
- *Umberto Taratufolo*

Poi chiamo mia madre, che mi ha mandato vari messaggi e vuole essere rassicurata che io stia bene, ma colgo l'occasione per provare a dimostrarle che non mi sono impelagata in una missione puerile.

«Angy, ma io non dico questo. Dico solo che ormai, a chi e a cosa serve sapere per quali ragioni il nonno si è comportato così? Qualunque cosa tu possa scoprire... non farebbe che portare a tutti solo tanta amarezza.»

«Non è detto. E comunque è per amor di verità.»

«Ma non interessa a nessuno. E tu in questo momento dovresti essere a Milano a rimboccarti le maniche per trovare qualcosa di serio da fare. Proprio ieri i tuoi fratelli mi hanno chiamata per dirmi che sono preoccupati. E se lo sono loro, è tutto dire.»

Mi dispiace essere una persona diversa da quella che vorrebbe lei e non essere all'altezza degli standard della famiglia. Una persona così brillante avrebbe voluto una figlia con cui condividere l'obiettivo sostanziale (secondo lei): affermarsi. Una che prende la vita di petto, che sa quello che vuole, con le idee chiare sul proprio futuro. Il punto è che io le idee chiare ce le ho, alla fine. Io voglio una vita piena di piccole cose belle. Non so ancora come arrivarci, se attraverso l'insegnamento o i carboidrati, o le traduzioni, o tutte e tre queste cose insieme. Ma lo capirò, è solo questione di tempo: quello che sfugge a me, e di conseguenza a loro, è il mezzo, ma non lo scopo.

«Quando torni?» mi chiede quindi la mamma.

«Ho ancora un po' di ricerche da fare qui.»

«Capisco», è la tetra risposta. Il suo lungo sospiro mi scoraggia.

Ma solo per cinque minuti. Poco dopo sto già cercando l'elenco dei notai di Yetminster.

Scopro abbastanza presto, informandomi con l'impiegato alla reception del mio B&B, che quando ha bisogno di un notaio la gente di Yetminster va a Sherborne. E santa pace, credevo e speravo che ci fossero meno notai a Sherborne. Peraltro il bisnonno è morto cinquant'anni fa; la persona che si è occupata della sua successione probabilmente o è andata in pensione o è morta. L'idea sembrava buona in partenza ma è di difficile realizzazione a meno di imprevedibili colpi di fortuna. Forse, piuttosto, potrei provare ad accedere a un archivio notarile, se esiste. La piccola detective dilettante che è in me rinvia. Proviamo prima con le tracce del signor Taratufolo. Lui potrebbe darmi maggiori gratificazioni: stando a Facebook c'è un James Taratufolo a Oxford. Provo a scrivergli e vediamo che ne vien fuori.

11.

La mia piccola indagine subisce un momento di stallo. Non ho notizie su Taratufolo. Impiego il tempo come se fossi in vacanza. Ho preso l'abitudine di andare a far merenda in un piccolo locale che si chiama Le Petit Pamplemousse. È gestito da qualcuno capace di trarre il meglio da Pinterest e al banco ci lavora un'italiana con cui scambio volentieri due parole. Si chiama Virginia ed è arrivata in UK con la sorella Vanessa senza saper fare niente di particolare, con in tasca solo la maturità scientifica conseguita con il minimo dei voti. Ha trovato lavoro prima da Starbucks, poi qui e domani chissà? Virginia è capace di fare disegni perfetti sul cappuccino e si aspetta sempre che i clienti se ne accorgano e le facciano qualche complimento, ma spesso la gente è distratta o di corsa, alle piccole cose belle non fa caso e lei resta invariabilmente delusa. In questo allegro bighellonare, ricevo una e-mail niente meno che dal nobile server di Chaverton House.

Mittente: Alessandro Almirante

Ciao Angelica,
spero tutto bene.
Nel caso ti interessasse ancora, Taratufolo ha vissuto a Chaverton fino al 1967. Poi si è sposato e si è trasferito al 9 di Littleworth Road.
Saluti

Caro Alessandro! Vuole fare il burbero ma in definitiva non lo è.

Ciao Alessandro,
ti ringrazio per questa informazione che è stata molto apprezzata. Sono ancora a Yetminster e cercherò di farne buon uso.
Un cordiale saluto a te e Lord H.

Angelica

Dal momento che sono ancora qui sarebbe sciocco non sfruttare quest'indicazione, o provarci, quanto meno.

È ormai luglio, ma il Regno Unito non se ne cura: piove e sento freddo anche con la giacca che indosso, per non parlare delle scarpe di tela totalmente inadatte che si inzaccherano di fango prima che abbia raggiunto la fermata dell'autobus.

Mi presento in Littleworth Road, nell'estrema periferia della cittadina al confine con il bosco di Honeycomb, e ho l'aspetto di una questuante.

Al numero 9 corrisponde una casetta bianca con un giardino esterno talmente piccolo che i bidoni dell'immondizia sembrano dominarlo interamente. C'è il solito bovindo con una larga finestra schermata da una tendina di finto pizzo e un gatto bianco e nero di ceramica sul davanzale.

Suono il campanello e mi apre una biondina con una T-shirt XXL di Harry Potter.

«Scusami... sto cercando la famiglia Taratufolo.»

«James Taratufolo non vive qui», risponde lei. Si avvicina poco dopo un'altra ragazza, che avrà grossomodo la sua stessa giovane età.

«Sta cercando Taratufolo», spiega la biondina all'amica che a sua volta, circospetta, mi dice: «È il nostro padrone di casa, ma non abita qui».

È lo stesso nome che ho trovato su Facebook, forse sono sulla buona strada. Potrebbe essere il figlio o il nipote di Umberto. È da pazzi chiedere a loro il numero di telefono? D'altra parte devo provare a giocarmi tutte le mie carte se voglio venire a capo dell'enigma.

Davanti alla mia richiesta le due ragazze si fissano e parlano tra di loro a bassa voce. Non mi invitano a entrare per ripararmi e resto sotto il mio ombrellino comprato in emergenza in un emporio vicino al B&B, cui si è già rotta una stecca.

«Ci dispiace», dice la biondina. «Non possiamo darti il suo numero. Ma se tu ci lasci il tuo, noi lo contattiamo e gli chiediamo di chiamarti. Può essere okay per te?»

«Siete molto gentili, grazie!»

Mia madre dice che è tempo di farmi dei biglietti da visita. Ma che ci devo scrivere, sopra? Precaria?

Fatto sta che al momento sarebbe tornato utile averne uno. Frugo nella borsa di tela, che non avendo una cerniera si è già inzuppata, alla ricerca di un pezzo di carta e finisco con lo scrivere numero ed e-mail dietro un tovagliolino usato di Le Petit Pamplemousse.

«Siete davvero molto gentili. Potete spiegare a Mister Taratufolo che sto facendo una ricerca sui prigionieri di guerra italiani in Inghilterra?» Il cognome è così peculiare che mi sembra difficile che non ci sia una parentela con l'Umberto di cui mi ha parlato Lord Hasbury.

Le ragazze annuiscono e ci lasciamo tra sorrisi e cordialità.

Raggiungo la fermata dell'autobus sotto una pioggia torrenziale rimpiangendo persino l'afa torrida di Milano e desiderando una doccia calda con ogni mia fibra.

12.

Malgrado i passi avanti nelle mie ricerche, quel minimo di senso di responsabilità che alberga ancora in me mi esorta a guardare i voli per rientrare in Italia. Dovrei forse prenotarne uno almeno per avere un termine da dare alla mia avventura. Una data oltre la quale rimanere sarebbe eccessivo.

Ma cosa mi aspetta, rientrando in Italia? L'eterno riposo della disoccupazione, dei pranzi della domenica, della malvagità di Parmenide, degli incontri casuali con Davide – se mi va male in compagnia dell'Inquilina e non mi farebbe certo piacere, anche se ogni giorno un po' di più avverto una certa impermeabilità rispetto a quello che è successo.

L'unico straccio di occupazione che ho per adesso sono le traduzioni e posso farle anche qui. Anzi, adoro farle qui. Sì, mi dico guardandomi allo specchio mentre spazzolo i denti, la verità è che non ho ancora voglia di tornare a Milano. Questo tempo sospeso in questo luglio inglese, in questo villaggio di casine in pietra, vecchie insegne, campagna brulicante ai margini delle strade... è un tempo tutto mio, solo mio, qualcosa da ricordare come eccezionale quando avrò l'età della zia Edvige. Qualcosa che, come direbbe lei, mi ha reso felice di essere viva. Non c'è una vera ragione per restare qui, ma nemmeno per tornare a casa adesso, nonostante mio padre mi chiami personalmente per chiedermi «come va» e, pur rimanendo sul vago, esortarmi a rientrare. Al bivio tra le due, tanto vale allora imboccare la strada che mi fa stare meglio.

Resto a Yetminster, ancora un altro po'.

Vado al Le Petit Pamplemousse per un cappuccino. Virginia è già dietro il banco e serve la clientela che a quest'ora del mattino in genere scarseggia.

Ho portato con me il PC, in modo da lavorare dal tavolino in fondo alla sala che si affaccia su un giardino di rose. Nel bel mezzo di una traduzione la mia attenzione tuttavia viene attratta da una ragazza che entra nel locale con un diavolo per capello. Da come si rivolge a Virginia sembra che le due si conoscano già da tempo e siccome è agitata parla a voce alta cosicché io sento tutte le sue lamentele.

È stata a Chaverton House, dice. Sì, per quel posto di guida turistica per cui, guarda caso, non trovano nessuno all'altezza. Guida turistica di una cazzo di casa di campagna di un baronetto di terz'ordine, capisci? Non stiamo parlando di cardiochirurgia! In effetti devo convenire che all'Estate Manager farebbe un gran bene leggere *Declino e caduta dell'aristocrazia britannica* di David Cannadine. Così, per dire.

«Be' si devono dare una mossa, sono chiusi già da dieci giorni, me lo ha detto Vanessa», commenta Virginia, la cui sorella lavora al negozietto di ninnoli inutili di Chaverton. La tenuta è una delle principali attrazioni turistiche della zona e non può permettersi di perdere così tanto tempo in piena stagione estiva – almeno da quel che capisco.

«Mi ha fatto il colloquio un italiano, capisci? Con tutto il rispetto per te che sei italiana, che ne sanno adesso gli italiani di noi?»

Sorvolo sulla nuance razzista del suo discorso, che imputo alla rabbia. Piuttosto un'idea mi frulla in testa. Chiudo il PC, pago il cappuccino, saluto Virginia e la cliente che è ancora lì a inveire contro colui che so essere Alessandro Almirante.

Torno al mio B&B, mi metto in ordine, indosso l'abito giallo con grossi pois bianchi, l'ultimo pulito che mi è rimasto – delle due è l'una: urge una lavanderia o qualche nuovo acquisto –, e per la seconda volta salgo sull'autobus in direzione Chaverton House.

Mrs Brightside sembra perplessa di fronte alla mia candidatura, ma omette commenti e mi parcheggia nuovamente nello stanzino con il vaso cinese sbeccato. È lì che mi raccatta Alessandro Almirante, per la seconda volta, già informato della mia proposta dalla solerte governante.

«Cosa devo pensare di questa tua nuova uscita?» dice, senza nemmeno salutarmi.

«Che c'è da pensare?»

«Credevo che fossi alla ricerca del tuo trisavolo, non di un lavoro.»

«L'uno non esclude l'altro.»

«Hai trovato Taratufolo?»

«Non ancora. Tornando alla guida turistica...»

«Senti, Angelica, io ti ringrazio davvero per la tua buona volontà, ma non credo che possa funzionare.»

«Perché no? Cos'ho che non va per il ruolo? Parlo correttamente inglese, francese e ovviamente italiano. So anche lo spagnolo a un livello sufficiente, mi manca solo il tedesco, ma in genere i tedeschi l'inglese lo parlano alla grande. Quanto a cinese e giapponese, dubito che qui si sia mai vista una guida performante nelle lingue orientali. Sopporto bene la fatica, non sono volgare e ho un contegno adeguato al contesto.»

«Ma non torni più in Italia?» domanda vagamente stordito, al che intuisco che, al pari dei miei genitori, si stia formando nella sua mente l'idea che io sia una persona un po' disorientata.

«Be', non è urgente. Non ho un lavoro fisso, lì, al momento.»

«Che lavori hai già fatto?»

«Sono laureata in lingue. Ho fatto qualche supplenza. Ho lavorato anche in un panificio. In Italia, ovviamente.»

«Come interprete?» domanda, molto perplesso, giustamente, all'idea che andassi a parlare in inglese in un panificio.

«No. Come fornaia.» E di fronte al suo silenzio aggiungo: «Sono versatile». Lui sembra sovrappensiero. Io ho l'adrenalina a mille: ed è ovvio, perché questa non è intraprendenza, è pazzia. Ma perché dovrei perdere l'opportunità di lavorare in questo posto e sentirmi un po' come a Downton Abbey? Nessuna delle persone che mi conosce ci crederebbe mai se mi vedesse adesso. «Se ti serve una guida, e io penso proprio di sì, prendimi.» Lui inarca un sopracciglio in un'espressione smaliziata. Ho detto «*prendimi*». Dio mio. «Nel senso, assumimi. Alla peggio, se va male, amici come prima. Aggiungo che so anche fare gli *scones*: che ne dici se al termine del tour allestissimo un banchetto offrendoli con panna, marmellata di fragole e tè a fiumi?»

Lui è tramortito dalle mie chiacchiere, ma riparte pronto a opporre abilmente obiezioni. «Non si tratta solo di accompagnare i turisti in giro per le stanze e far attenzione che non tocchino o peggio rubino niente. Va anche spiegata la costruzione della tenuta, l'epoca storica, i rapporti del primo Lord con il re... tu non sai niente di queste cose, o sbaglio?»

«Immagino che neanche tu le sapessi, prima di trasferirti qui.»

«No.»

«Hai studiato», affermo, persuasiva.

«Sì, e non ho imparato dalla sera alla mattina.»

«Mi ci metto subito. Imparerò anche la genealogia degli Hasbury, se occorre.»

Alessandro mi scruta con diffidenza.

«Okay, Angelica. Anche se ho la quasi certezza che sarà un completo fallimento, okay, proviamoci.» Riesce a essere elegante anche mentre dice sgradevolezze. Perché insomma non è granché sentirsi dire a priori che sarà un «fallimento». Eppure quest'uomo che non è aitante – con il suo passo claudicante che forse nei giorni di umidità peggiora pure – né men che meno alla moda, ha una classe debordante. D'altri tempi, da champagne party europeo di inizio secolo. Potrebbe sembrare il protagonista di un libro di Evelyn Waugh, blasé ma decadente, che se ne esce con frasi tipo «la puntualità è la virtù degli annoiati» oppure «avere solo due figli fa tanto *middle class*».

«Accetti?!»

«Sì. Ma sugli *scones* ci devo pensare.»

«Be', è già tanto che tu abbia preso sul serio l'idea! Era una proposta come un'altra...»

Mi interrompe. «La paga è bassa, ma offriamo vitto e alloggio. Il contratto è stagionale, la tenuta chiude alla fine di ottobre e riapre a marzo. Si lavora tutti i giorni a partire dalle 10. Pausa dalle 13 alle 14. L'ultima visita guidata finisce alle 17.»

«Tutti i giorni? Domenica inclusa?»

«Sì.»

«È legale?»

«Sì», ribatte con tono superiore.

«Va bene», dico porgendogli la mano, come a dire che siamo d'accordo. Lui la stringe con tangibile (e forse comprensibile) riluttanza.

«Ma che vuol dire che non torni?»

Mia madre è scandalizzata. Peggio di quando sono andata a lavorare da Pastrini.

«Che resto a Yetminster. Dovresti venire, mami. È un angolo di paradiso. Sono felicissima.»

«Ma felicissima di che?»

«Di avere la possibilità di restare a Chaverton House. Pagata, per di più.»

«Angelica, io ho sempre creduto che il tuo buon carattere, la tua capacità di adattarti a tutto – perché questo non si può negare – fossero un dono. Ora non ne sono più tanto convinta.»

«Naaa. Piuttosto perché non ti prendi una settimana di ferie e vieni qui a trovarmi?»

«Angelica, te l'ho già detto, devi tornare a Milano. Devi cercarti il tuo posto nel mondo.»

«Chi ti dice che non sia questo?»

«Ah sì? Fare la guida turistica nel Dorset?»

«Tanto, come faccio faccio, a voi non va mai bene.»

Pronuncio queste ultime parole con amarezza incontenibile. È brutto non essere accettati per quello che si è. Come se esistesse una proiezione di me, un'ombra su una parete, e quella fosse più giusta, più reale. Come se gli altri amassero quell'ombra più di me.

Mia madre sbuffa stancamente. «Ancora con la sindrome di Calimero, Angy? Vuoi dire che è colpa mia, o di tuo padre, o peggio dei tuoi fratelli se tu non hai un progetto nella tua vita?»

«Io ce l'ho un progetto.»

«Sì? E cosa farai quando scadrà questo contratto in ottobre? E poi, la scuola non inizia a settembre?»

«Lo sai che per le supplenze non mi chiamano mai prima della fine dell'anno. Hai idea della gente che c'è sopra di me in graduatoria, anche solo per età? Comunque, mamma, io ho bisogno che tu vada a prendere la mia roba a casa e che mi faccia un pacco. Se non puoi dillo subito, che chiedo a un'amica.»

«Non posso prima della settimana prossima, domani ho un consiglio d'amministrazione, mercoledì devo andare a Zurigo, giovedì a...»

«Okay, ho capito. Almeno nel fine settimana?»

«Che devo dirti, Angelica? Sabato, anziché riposare come merito, andrò a sgomberarti casa e a farti i pacchi.»

Inghiotto il boccone amaro. Ringrazio mia madre educatamente, lei riattacca freddamente.

La conversazione mi ha lasciato un pessimo sapore e una tristezza profonda che peggiora quando incrocio lo sguardo carico di tutti i problemi dell'umanità del povero Oliver.

Mi guarda con la sua testolina inclinata – dev'essere entrato mentre parlavo al telefono. «Oliver...» mi chino, accarezzandolo. Porta al collo un collare di cuoio invecchiato e una medaglietta con un numero di telefono.

Si gode ogni carezza e quando lo lascio per sistemare i miei abiti nell'armadio si assopisce dolcemente. Lo squillo del telefono lo fa svegliare di soprassalto: è mia madre, afflitta perché abbiamo chiuso male.

«Non bisogna mai lasciarsi senza aver fatto pace», mi dice, con tono ben più calmo di prima. «Non si sa mai cosa può succedere.»

«Mi dispiace per il lavoro che dovrai fare sabato.»
«Non importa, non importa», insiste.

«Non ti manca l'entusiasmo», considera Alessandro, dopo avermi portata al cottage di fronte al mio evidente entusiasmo.

L'alloggio che mi è stato assegnato non è nel magazzino in cui viveva il mio bisnonno, che è più vicino ai campi e alla fattoria, bensì in un piccolo cottage non troppo distante dalla tenuta. A parer mio doveva essere un fienile, poi convertito in abitazione di servizio. Di fatto è uno zuccherino del genere *country living*, immerso nel verde e con le pareti rivestite di una carta da parati toile de Jouy. Il letto cigola tristemente e i materassi non sono granché, ma io sono il tipo che quando dorme come un sasso non si accorge di niente.

«A chi non piacerebbe vivere qui?» gli chiedo pensando all'incantevole casina di Kate Winslet in *L'amore non va in vacanza*.

Ma la risposta non è pleonastica quanto credo, e comunque lui non me ne dà una, dicendomi piuttosto: «Angelica, dimenticavo. Tu hai visto *L'orfana di Mallands Park*, vero?».

«Veramente... solo la prima puntata.»

«E basta?» trasecola.

«E basta», ripeto.

«Questo depone a favore della tua intelligenza. Ma, Angelica, essere esperta dell'*Orfana di Mallands Park* è un prerequisito fondamentale della tua attività di guida. La gran parte dei visitatori è fan della serie. Devi recuperare tutti gli episodi in streaming e non deve sfuggirti nulla», mi ingiunge l'Estate Manager.

«Certo, farò anche questo. Ma non era più urgente studiare i rapporti tra il primo Hasbury e il re all'epoca dei Plantageneti?» lo stuzzico.

Ma lui non abbocca. «Dopo. Prima *L'orfana di Mallands Park*.»

Sono quindi autorizzata a non uscire dal mio alloggio per fare *binge watching* di questa serie immonda che ha le stesse tematiche di una telenovela venezuelana fine anni Settanta, ma nobilitate dalla location *british.* Il Perfido Protagonista Maschile è un attore del genere Henry Cavill, che ha sempre il suo perché ed è comprensibilissimo che la protagonista se ne lasci sedurre senza implorare misericordia. Tuttavia, per un momento che desta in me tutta la vergogna di cui sono capace, scopro che per conto mio trovo molto più seducente l'Estate Manager.

Ma l'Estate Manager è sposato, anche se non porta la fede.

Qualche giorno fa, Mrs Brightside mi ha mostrato una copia di «Hello!» di nove anni fa, in cui c'è un gran servizio su Chaverton e una foto di Lord Hasbury, del figlio Neil – morto poco dopo, mi spiega –, di Regan Hasbury, sua moglie, e delle due figlie Allegra (moglie di Alessandro) e Cecily. Tuttavia da quando sono qui non ho ancora incrociato nessun membro della famiglia.

«Mrs Hasbury si è ritirata a vivere a Firenze», spiega Mrs Brightside, tutta compunta.

«E Allegra?»

«Mrs Almirante», sottolinea con freddezza la governante, «lavora a Londra come designer e torna qui solo per il weekend.»

«E Cecily?»

«Mrs Jensen vive in Danimarca con il marito Mads e la figlia Vanilla.»

Da brava governante leale, Mrs Brightside non è pettegola. Mi serve il pranzo che consumo con lei, i contadini e gli allevatori di mucche della tenuta in una saletta dei piani bassi in pieno stile *Downton Abbey.*

Probabilmente anche il mio bisnonno Angelo mangiava qui, con la servitù dell'epoca. Pensarlo mi lascia sfiorare da una indesiderata sensazione di inquietudine.

13.

«In questa stanza nel 1791 alloggiò il duca di Wellington e nel 1978 Laurence Olivier», annuncio, introducendo il gruppo di visitatori. «Il camino è autentico e risale all'età giacobiana. Miss, la prego di non toccare. Su di esso, un ritratto di Lady Fanny Hasbury in una cornice rococò. Il letto, con un cornicione argentato secondo lo stile del diciottesimo secolo, ha un baldacchino zaffiro e argento per abbinarsi alla vibrante combinazione di colori blu ai bordi del rivestimento.»

«Scusi, in questa stanza è stata girata la scena della morte della vera madre dell'*Orfana di Mallands Park*?»

«Appunto, stavo giusto per arrivarci.»

Una parte del gruppo inizia a confabulare eleggendo una ideale top five dei migliori momenti della terza stagione. Del cassettone autentico Chippendale che indico non gliene importa niente a nessuno. Li capisco, eh. Non interessa neanche a me. Ma ho studiato, quindi tanto vale elencare tutto l'inventario dei beni di Chaverton.

Ma in genere, come aveva preannunciato anche Alessandro, la gente si accende solo quando entra in scena *L'orfana*. Che poi, altro non è che un porno elegante per signore che mixa – molto efficacemente, devo ammetterlo – *Il piccolo Lord* e *Pamela* di Richardson. L'Orfana è Margaret, che si scopre essere in realtà la figlia illegittima di un conte e di una nobildonna francese e che, prima ancora di scambiarci due parole in croce, viene sedotta dal di lui figliastro ed erede Alexander, appena tornato in Inghilterra dopo un confinamento punitivo in un'isola nel mare dei Sargassi. Esperienza che ha accentuato, anziché placarle, le tendenze libertine del ragazzo, rendendolo più scalmanato di quanto non fosse prima di partire e pronto a consumare di lussuria l'asmatica Margaret. Alexander e Margaret si lasciano e si pigliano per tre stagioni, al termine delle quali lui muore. Ma la gente spera ancora che sia un trucco degli sceneggiatori e che in realtà non sia morto. Oppure che risorga. Tanto va bene tutto.

Ripetendo ogni giorno più volte al giorno la stessa solfa ormai ho sviluppato una grande fluidità. Non che qualcuno stia a controllare: l'Estate Manager ha seguito solo il primo turno del secondo giorno. Si è detto soddisfatto e se n'è presto andato, portando via con sé il suo cane e il suo charme.

La dimora è così vasta che ho avuto bisogno di tempo per familiarizzare con gli spazi. Tanto più che non tutte le stanze e le sale sono aperte al pubblico. Quella in cui ho incontrato Lord Hasbury, per esempio, no, così come anche gli appartamenti privati degli Almirante – a proposito, la bella Allegra non si è ancora vista. Si ferma spesso a Londra per lavoro, sostiene Mrs Brightside. Di tanto in tanto mi confondo ed entro dove non dovrei, ma accade sempre meno spesso.

Nel frattempo, dopo un intoppo con la spedizione che mi è costato l'imbarazzo di vestire sempre allo stesso modo, è arrivato il pacco XL preparato da mia madre.

Gli abiti sono stati stirati e hanno lo stesso odore familiare dei suoi – magari non lo ha fatto lei in prima persona, dubito che sappia stirare, ma c'è il suo zampino. Non ha preso la roba così com'era dall'armadio e dai cassetti, bensì se n'è presa cura con amore.

La chiamo per ringraziarla: se lo merita.

«È tutto a posto o ho dimenticato qualcosa?»

«Tu? Ma figurati. La perfezione è la tua cifra.»

«Bene, sono contenta. Ascolta Angy, tra due settimane Alberto ha un congresso a Londra. Abbiamo pensato che potrebbe venire a trovarti.»

«Lo ha pensato anche lui, davvero?» Mio fratello, per cui il tempo è denaro, colui che non fa mai deviazioni per principio, che viene a fare nel Dorset? E soprattutto, se non suscito il suo interesse a Milano, figurarsi se lo suscito adesso, smarrita nella campagna inglese.

«È stata un'idea mia e di tuo padre ma che lui ha accolto immediatamente.»

«Bene. Okay. Lo aspetto.»

«Insieme agli abiti ti ho anche impacchettato tutta la posta che hai ricevuto in queste settimane.»

«Vado a vedere.»

«Ti voglio bene» mi dice, armandosi di coraggio – non è una tanto diretta.

«Anche io. Veramente. Ancora grazie.»

La posta contiene roba inutile, per lo più, offerte di finanziarie con bassissimi interessi, la bolletta della luce e del gas che risente della panificazione intensiva degli ultimi tempi.

E poi, con sorprendente rapidità, anche una busta della Croce Rossa Internazionale. Contiene vari fogli, tutti scannerizzati, non quelli autentici.

La prima è una risposta a una lettera di Maria Focante, battuta a macchina con inchiostro rosso.

> Vi comunichiamo che il soldato Focante Angelo (divisione Artiglieria 12° Corpo d'armata), nato il 21.6.1917 a Mondello – Palermo – risulta dai rapporti pervenutici prigioniero in Inghilterra – Campo n° 79 «Moorby Camp», Ravensby nella contea di Lincolnshire.
>
> La notizia è datata del 15.12.1943 e a tale epoca godeva buona salute.
>
> Potete scrivergli cartoline o lettere non affrancate indicando grado, nome e cognome del militare. L'indirizzo deve essere preceduto dall'indicazione: «Posta dei prigionieri di guerra».
>
> Con distinti saluti
> Agence centrale des prisonniers de guerre
> Genève

È inclusa la Prisoner of War Index Card di Focante Angelo, con allegate due nitide foto formato tessera, una di profilo e una frontale, che mi confermano ancora una volta il suo bell'aspetto. Dalla scheda apprendo che prima ancora di andare nel Lincolnshire fu assegnato a un campo nel Cambridgeshire a Ely, ma per pochi mesi. Conferma infine che Angelo fu effettivamente rimpatriato, come ricordava Lord Hasbury, il 20 marzo 1945. Che tale informazione non apparisse nel foglio matricolare italiano si spiega forse con una svista? Possibile. Del resto anche lo stesso impiegato del ministero era rimasto sorpreso dall'assenza dell'informazione. È strano, però, a pensarci bene, che sia stato rimpatriato prima della liberazione dell'Italia.

Comunque, la bisnonna si era attivata per avere notizie del marito disperso e sapeva che era in Inghilterra, quanto meno fino alla data di questa lettera.

Ma in realtà, scopro sfogliando i fogli successivi, sapeva ben più di questo. C'è ancora un foglio che riporta i messaggi che il bisnonno inviava alla famiglia attraverso la Croce Rossa.

I testi non dovevano eccedere le venticinque parole ma Angelo sapeva farne buon uso: *Maria, sto bene. Ricordami alle bambine, pensami sempre. Baci, Angelo.* Questo è l'ultimo conservato, ed è datato dicembre 1944. In teoria, stando ai documenti, fu rimpatriato tre mesi dopo. Forse scriveva direttamente da Chaverton House e la Croce Rossa non ha traccia di quel carteggio.

Non ci sono altre informazioni da ricavare dai suoi messaggi, a parte che sembrava molto affezionato e niente lasciava credere che non sarebbe rientrato in Italia alla fine del conflitto.

A questo punto vorrei capire per quanto tempo è rimasto in Italia e se Maria ne era a conoscenza.

Ho preso nota, quando sono stata al municipio, che Angelo risulta residente a Yetminster dal giugno 1945. C'è quindi un buco di tre mesi. Dov'è stato in quel periodo? In Italia? O forse era tornato a Chaverton prima ancora che risultasse ufficialmente la sua residenza a Yetminster?

Chissà che l'Estate Manager non possa essermi d'aiuto consentendomi l'accesso ai preziosi registri della tenuta...

Chiedo a Mrs Brightside se sa dov'è Alessandro.

«Mr Almirante potrebbe essere nella sala biliardo, nell'ala ovest; se ha bisogno di lui, è meglio che lo chiami prima», replica lei, sempre morbida come un palo di ferro.

Ma io non ho il suo riguardo, sicché ci vado direttamente. L'ala ovest, un po' come in *La Bella e la Bestia* della Disney, non è aperta al pubblico e non mi ci sono mai avventurata. A quest'ora è poco illuminata e percorro gli ampi corridoi guardando i cupi ritratti degli avi di Lord Hasbury di categoria B – quelli di categoria A sono nelle sale di cui è consentita la visita e ne conosco ormai nome, rango ed eventuali meriti militari. Il mio preferito è quello del 1770 che ritrae Sir Charles Hasbury, con Chaverton sullo sfondo e i suoi cani in prima linea con lepri e pernici catturate durante la battuta di caccia. La cosa che è bello raccontare ai visitatori è che nel quadro appare anche il guardacaccia, in un sistema di cui il gentiluomo e la sua gente sentivano di far parte in armonia e che li faceva sentire protetti, e che fino a quando i tempi non sono cambiati ha funzionato bene. Ma in genere quando mi dilungo su questo la gente taglia corto e mi domanda se ho mai incontrato l'attore che interpreta Alexander. Le porte a doppio battente che si affacciano sul corridoio sono tutte serrate meno una, che è socchiusa. Da lì, si proietta una lama di luce e si fa strada il rumore dello schiocco di palle da biliardo. Io busso con un lieve tocco e avanzo dopo aver sentito: «*Come in*».

«Sei tu», dice, con un'occhiata distratta, l'Estate Manager. Temo di aver sventato la riuscita del colpo che stava tentando con la stecca. «Cosa ti sfugge nella frase: non è aperto ai visitatori?»

«Ma io non sono una visitatrice.»

«No? E cosa sei?» mi interroga, guardandomi finalmente per una durata superiore al millesimo di secondo.

«Una dipendente.»

Lui mi si avvicina, con la stecca in mano. «Angelica, questa parte della casa è *privata.*»

«Un vero peccato, se mi è permesso», dico guardandomi intorno. Alle pareti, per metà dipinte di un intenso color salvia, sono appesi fittamente numerosi dipinti di scene di caccia e aitanti cavalli. Al di sotto, una boiserie di legno bianco circonda tutto il perimetro della sala. Dal soffitto scende un enorme lampadario che illumina il tavolo di panno verde. Oliver è sdraiato tra le due finestre oscurate da pesanti tende rosse, accanto al camino spento, sulla cui mensola un vecchio orologio ticchetta nervosamente.

«Sì, forse è un peccato, ma per fortuna esistono ancora a questo mondo cose che non si possono comprare.»

«Non volevo disturbare», gli dico, però forse avrei dovuto pensarci prima.

«Hai una buona ragione?»

«No.»

Lui sorride e poggia rassegnato la stecca sul tavolo. «Cosa ti serve, oggi?»

Gli mostro la busta della Croce Rossa. «Hanno già risposto. Ed è tutto merito tuo.»

«In verità no, ma se vuoi crederlo...»

«Tu mi hai dato l'idea, intendo dire.»

«Okay. E? È stato utile?»

«Molto. E a proposito, in effetti, avrei una cosa da chiederti...»

Gli spiego dunque la mia esigenza di controllare, sullo stesso registro in cui ha trovato i dati di Taratufolo, da quando esattamente il mio bisnonno risulta essere un dipendente della tenuta.

«D'accordo, Angelica. Ma non oggi, okay?» Mi tratta come una bambina che ha fatto la marachella e non è esaltante.

«Sì, naturalmente, quando vuoi... non ho fretta.»

«Domani, quando finisci con le visite, ci vediamo nel mio ufficio.»

«Grazie, Alessandro.»

«Non c'è di che. Sai giocare a biliardo?»

«No, mi dispiace», rispondo costernata. Ma lui se lo aspettava: è solo un modo per farmi capire che non ho più motivo di restare qui.

«Allora, a domani», risponde, guardando già la porta dietro di me.

14.

«Questa è davvero una delle sale più preziose di Chaverton House.» Apro la porta della biblioteca e guido l'ultimo gruppo di turisti di oggi. La stanza non è grande, per gli standard della dimora – ma avrà la stessa metratura del mio monolocale a Milano. Una massiccia struttura in legno ospita una gran quantità di preziosi volumi e al centro di ogni parete, sopra gli scaffali, è posizionata una nicchia che contiene busti in stile neoclassico. «La carta da parati è William Morris ed è autentica di fine Ottocento.» Tengo per me che dev'essere incantevole trascorrere qui le piovose sere d'autunno, sulla *smoking chair* accanto al camino scoppiettante, la luce fioca di un lume sulla mensola, in lontananza l'indistinto muggito di una mandria di mucche – o come si direbbe con i fantasiosi nomi collettivi inglesi, *a yoke of oxen*. «La collezione contiene anche alcune prime edizioni, tra cui quella di *Ragione e sentimento* di Jane Austen», informo quindi il gruppo, come è mio dovere fare.

Una ragazza piena di lentiggini esce dall'anonimato illuminandosi. «Dice sul serio?»

«Certamente», confermo, giubilante.

So che non avrei dovuto, ma una volta, al riparo da occhi indiscreti, ho sfilato il volume dal suo posto in alto nello scaffale e l'ho sfogliato, seduta al tavolo da lettura con il cuore in tumulto nel timore di essere sorpresa da Mrs Brightside. Il romanzo in realtà è diviso in tre volumi e io ho preso a caso il terzo – non erano in ordine, chi li ha riposti qui l'ultima volta non se n'è curato. Le pagine erano rigide, odorose di carta vecchia e punteggiate di macchie brune. Sul frontespizio:

SENSE AND SENSIBILITY
A NOVEL IN THREE VOLUMES
BY A LADY.

«Potremmo vederla?» chiede la ragazza, con aria implorante.

Ci penso. Non credo sia una buona idea. Ma poi mi dico che non potrà accadere niente di male e che forse per questa ragazzina è importante, e un giorno se ne ricorderà, di aver visto un'autentica prima edizione, simile a quella che probabilmente la stessa Jane Austen ha stretto con emozione tra le mani nel 1811 – *Ragione e sentimento*, il suo primo romanzo pubblicato! E forse questo cambierà la sua vita, sarà un momento cruciale, e io potrei averglielo negato.

No, non lo farò. Una volta tanto che qualcuno non è fissato con *L'orfana di Mallands Park*!

«Be', eccezionalmente...» rispondo, dirigendomi verso lo scaffale e sfilando uno dei volumi. Le persone si riuniscono intorno a me osservando ipnotizzate le pagine che sfoglio con enorme cura. L'atmosfera si tinge di una sorta di devota magia e non so come succede che mi metto a parlare di *Ragione e sentimento.*

«*Sense* è il pragmatismo. Se vogliamo, è l'esperienza logica degli eventi attraverso i cinque sensi; mentre la *sensibility* non è soltanto sensibilità. È l'esperienza emotiva di quegli stessi eventi. Immaginate un bellissimo paesaggio: con il *sense* potete vederlo, ma è con la *sensibility* che ne avete una percezione più profonda. E così vale per tutto ciò che vediamo, ascoltiamo, tocchiamo, annusiamo, gustiamo.» In questi termini il titolo è intraducibile in italiano, ma ci facciamo andar bene *Ragione e sentimento.*

La madre della ragazzina mi ringrazia e io controllo l'orologio: è tempo di concludere la visita. Rimetto a posto il volume e indirizzo il gruppo verso la porta. Con orrore visualizzo l'Estate Manager poggiato al profilo di legno e la mia *sensibility* ha pochi dubbi: mi fissa molto, molto severamente.

«Sai quanto vale quel volume che sfogliavi tutta giuliva come se fosse l'ultimo numero di "Topolino"?»

«No, Alex.»

«Circa cinquantamila sterline.»

«Caz…»

«Appunto.»

«Non credevo così tanto. Ma tu sai quanto vale la gioia di una persona?»

«Angelica. Non deve succedere più, intesi?»

«Sì, Alex.»

Il gruppo si è sciolto, lui ha aspettato che fossimo da soli per farmi una lavata di capo. Sono molto mortificata. E dire che probabilmente voleva farmi un favore, risparmiandomi di raggiungere il suo ufficio che è ai confini della proprietà.

«Andiamo a prendere il registro.»

«Non voglio darti noia.»

«Non mi dai noia.»

«Avevo buone intenzioni.»

«Non ne dubito, tu le hai sempre – per quel poco che ti conosco.»

«Due sgridate in meno di ventiquattr'ore. Difficile immaginare di far peggio», commento, con un po' d'amarezza.

«Quanti anni hai, Angelica?» mi domanda, di punto in bianco.

«Ventisette.» Lui deve averne una decina di più, garantiti.

«Hai detto che insegni?»

«Faccio delle supplenze, a volte.»

«Alla spiegazione di *sensibility* ero commosso. Però ho qualche difficoltà a immaginarti in un'aula a tenere a bada dei ragazzini.» E non sa che infatti mi sono rotta il coccige, proprio per quelle difficoltà, che hanno minato a tal punto le mie convinzioni che adesso non sono più davvero sicura di cosa faccia realmente per me.

«Tu da quanti anni vivi qui?»

«Nove.»

«Tutti qui a Chaverton?» gli chiedo, con uno stupore che sembra infastidirlo.

«Perché?»

«Semplice curiosità.»

«Comunque no. Per qui credevo intendessi in UK. Prima vivevo a Londra. Amministro Chaverton da sei anni», sintetizza, ma non sembra aver voglia di dilungarsi in dettagli personali.

«Come si diventa amministratore di un posto così?»

«Ci vogliono un paio di circostanze favorevoli», replica. «Averne sposato l'erede diretta è una di queste.» Ma la conversazione non ha un seguito, perché nel frattempo siamo arrivati nella stanza che custodisce i registri di Chaverton. Lui va a prenderne uno in particolare e si siede a una scrivania di legno tarlato. Da questa stanza non sento soltanto il muggito, ma vedo le mucche dal manto fulvo pascolare in lontananza con bovina placidità.

«Ecco qui», dice, indicando una casella in cui una bella grafia ha scritto il nome di Angelo.

Era stipendiato dal giugno 1945: il che conferma il buco di tre mesi. Forse il bisnonno è rientrato in Italia per non risultare disertore, ha espletato le formalità di congedo ed è rientrato in quello che ormai aveva scelto come suo paese. Ma tre mesi sono lunghi. È tornato a Mondello? Ha detto o no la verità a Maria?

«Se solo il possibile discendente di Taratufolo mi rispondesse», considero ad alta voce.

«Angelica, qualcuno te lo deve pur dire: la gran parte delle persone che conoscevano il tuo bisnonno, se non tutte, sono già morte.»

«Hai ragione», gli dico, arresa davanti al suo *sense.*

«Vuoi il mio parere?» Sollevo lo sguardo in attesa che prosegua. «Il tuo bisnonno ha scelto un'altra vita. Vigliacco? Sì, forse. Non sarebbe il primo.»

«Ascolta, a Chaverton hanno destinato venti prigionieri, se non ricordo male.»

«Ma solo due sono tornati a lavorare qui», obietta lui.

«Ne siamo sicuri?»

Lui sfoglia il registro. «Non vedo altri nomi di italiani, mi dispiace.»

«Ma i nomi degli altri diciotto che non sono tornati?»

«Non dirmi che vorresti cercare notizie su ognuno di loro.»

«A tempo perso...»

«Ah, certo. Il tempo è tuo, ne fai quel che vuoi.»

Tira fuori un foglio bianco da un cassetto e mi porge la penna. Sfoglia le pagine antecedenti del registro e inizia a dettare: «Colinelli Attilio... Martani Alfio...» fino a che non li ho trascritti tutti. «In bocca al lupo», conclude lui, chiudendo il registro polveroso e riponendolo al suo posto.

«Sto accumulando davvero troppe cose di cui esserti grata, Alessandro. Sono in debito con te», dico, e voleva solo essere una battuta di spirito.

«Attenta. Un giorno potrei decidere di chiederti qualcosa in cambio», conclude lui, con un luciferino bagliore negli occhi.

15.

Gli italiani hanno sempre avuto il mito dell'Inghilterra. Lo cantava anche Claudio Baglioni, «*viva, viva l'Inghilterra, ma perché non sono nato là*»? E infatti in UK c'è una *little Italy* di circa 700.000 persone, e in una località come Yetminster, che all'ultimo censimento contava 1105 abitanti, già ne ho trovate tre, oltre a me: Alessandro, Virginia di Le Petit Pamplemousse e sua sorella Vanessa. Il negozio di ninnoli in cui lavora a Chaverton è aperto in corrispondenza dei tour guidati, dunque ci incrociamo a ogni giro. Lei preferisce vivere con la sorella in una casina nel centro del nucleo abitato, accanto al Le Petit Pamplemousse, e ha rifiutato l'alloggio a favore di un salario un po' più alto. Abbiamo chiesto a Mrs Brightside di fornirci dei tramezzini e io mi fermo al negozio dove parcheggio l'ultimo gruppo di turisti, trascorrendo con lei la pausa pranzo.

Aspetto che Vanessa batta alla cassa le cartoline, le tazze e i portachiavi comprati da due amiche in vacanza e consumiamo rapidamente il nostro pranzo.

«Caffè, dai», mi dice, dopo aver finito il club sandwich.

Luglio è agli sgoccioli e io mi godo ogni giorno sempre di più. Ho la sensazione di aver inserito un punto esclamativo nella tiritera monocorde che sono stati questi ultimi mesi – la rottura con Davide, la convalescenza dopo l'incidente a scuola, la confusione tra l'essere e il non essere e il sentirmi dopotutto più apparentata al non essere. Una sensazione che è durata fin troppo e da cui mi sento ogni giorno un po' più libera.

Siccome il caffè lungo offerto a Chaverton è una brodaglia dal retrogusto non solo amaro ma anche aspro che ogni italiano degno di questo nome bollerebbe come veleno, Vanessa ha comprato a sue spese una macchinetta con le capsule che tiene sotto chiave nello sgabuzzino in cui si cambia per indossare la divisa.

«Perché non ci facciamo un giro, stasera, con mia sorella e il Frank?» Costui è il fidanzato di Virginia, originario della Cornovaglia.

«Dopo una certa ora l'autobus non passa più da qui.»

«Passiamo a prenderti noi con il bolide del Frank.»

«E dove andiamo? Non è che a Yetminster ci sia la movida. Le Petit Pamplemousse è l'unico posto cool nel raggio di almeno cinquanta chilometri.»

«Ci sono posti carini sulla costa. Certo, è quasi un'ora di strada, ma a un certo punto chissene. Non è che possiamo stare qui giorno e notte tutti i giorni.»

Ometto di rispondere che a me non è che poi pesi così tanto. La pace, l'aria pulita, il rumore di fondo del traffico sostituito dal fischiettio delle cinciallegre…

«Allora? Ti contiamo?»

«Va bene.»

«Ti mando un messaggio più tardi per l'orario, okay?»

Annuisco e lancio il bicchierino usa e getta nella pattumiera. Sarà divertente, mi dico per autoconvincermi.

La tenuta di Chaverton è troppo grande per essere interamente recintata. Le terre si estendono quindi libere, come se fossero di tutti mentre invece la realtà è che appartengono a qualcuno che di generazione in generazione ha vinto alla lotteria della vita.

Il mio cottage si trova al di fuori dell'area recintata, in linea d'aria all'opposto rispetto alla fermata dell'autobus, dove ho appuntamento con Virginia e Vanessa. Perdo l'orientamento due volte prima di imboccare la strada giusta ed è così che mi rendo conto che non uscivo dal mio accogliente nido da oltre due settimane.

«Ti ho assunto anche come vigilante?» mi sento chiedere. L'Estate Manager è a bordo del golf cart e si è fermato al centro di un sentiero a una decina di metri da me.

«Esco con degli amici.»

«Hai fatto presto a fartene.»

«Hai presente Vanessa? Immagino che anche lei l'abbia assunta tu.»

«Certo, Vanessa.»

«Sai com'è, tra italiani si fraternizza facilmente. In genere», aggiungo, perché lui è assai cordiale quando vuole esserlo, non lo nego, ma alle distanze mi pare che ci tenga. «Viene a prendermi alla fermata dell'autobus.»

«Salta su, ti do uno strappo.»

Non me lo faccio ripetere due volte.

Il tragitto è breve e silenzioso. Quando scorgo in lontananza la strada asfaltata e la fermata gli dico che può anche lasciarmi, ma lui procede fino al limite dell'erba.

Il bolide del Frank è già parcheggiato, solitario, di fronte alla fermata deserta.

«Buona serata», mi augura Alessandro.

«Grazie», dico scendendo dal golf cart.

Le due sorelle, da dentro l'abitacolo, hanno seguito tutta la scena.

«In un anno, l'Estate Manager non ha mai dato un passaggio *a me*», esordisce Vanessa.

«Non sarà capitato.»

«Si crede questo gran paio di ciufoli!»

«Be', è una persona molto distinta», lo difendo d'impulso. Virginia e Vanessa si guardano, l'una dal sedile anteriore l'altra da quello posteriore.

«Tu sai cosa gli è successo alla gamba?» approfitto per chiedere.

«Ha avuto un brutto incidente d'auto tre anni fa, a me lo ha detto la signora Brightside. Per un certo periodo gli hanno anche ritirato la patente e non so se gliel'hanno mai ridata. Per questo lo vediamo sempre in giro con quel macinino da caffè: qui fanno uno strappo alla regola, essendo lui chi in effetti è.»

«Ma la moglie?»
«Eccola che chiede della moglie!»
«Ma no, è semplice cur...»
«Sì, curiosità! Come no! Comunque la signora Brightside nega, ma quei due sono separati, è evidente. Non lo dicono in giro e lei in effetti ogni tanto si fa vedere, ma è ovvio che si fa la sua vita. Gli ha smollato il nonno rinco e gli affari della tenuta, lo ha scaricato in questo posto dimenticato da Dio e bye bye.»
A me l'Estate Manager non dà l'impressione di un uomo appagato – a parte il fatto che spesso mi sembra anche mediamente annoiato. Cosa che può dirsi anche di me stasera: la serata, in un locale al centro di Poole, non è valsa la pena di due ore di auto tra andata e ritorno. Le Petit Pamplemousse è molto più grazioso e anche il pub vicino al mio albergo è molto caratteristico e d'atmosfera.
Alla fine, mi ritrovo a pensare, non c'è altro che mi serva fuori da Yetminster, almeno per adesso.

Mittente: Giuseppe Greco

Cara prof,
come sta?
Spero che le sue vacanze nella bella Inghilterra stiano procedendo bene.
Mi mancano i nostri appuntamenti del mercoledì pomeriggio, ma sto continuando a studiare.
Ho letto il libro che mi ha consigliato prima di partire, *Grandi speranze*. Mi è piaciuto molto e ho provato a scrivere la recensione, come mi ha detto lei. La allego e mi farebbe piacere sapere che ne pensa. Che sorpresa che è stato! Come non potevo credere al fatto che Estella era figlia di Abel Magwitch.
Sono andato ad approfondire la storia dei due finali di cui lei mi ha accennato. Si dice che Dickens non voleva il lieto fine per Pip ed Estella. Lei cosa ne pensa? Pip alla fine vedeva o non vedeva l'ombra di una nuova separazione?
Speravo che sarebbe tornata e che potessimo parlarne dal

vivo ma mi sa che l'Inghilterra le piace troppo! Ha ragione, la capisco, vivendo negli stessi posti dell'*Orfana di Mallands Park*... A proposito, la ringrazio se vorrà mandarmi una foto della panchina di pietra su cui Margaret legge la lettera che ha ricevuto da Alexander nella seconda stagione, quando si capisce che lui è davvero innamorato. Quella è la mia scena preferita di tutta la serie e quell'angolino dal vivo dev'essere un sogno.
In attesa che ritorni, può consigliarmi un altro libro, così lo cerco in biblioteca?
Le mando *a purse of kisses*
Con affetto

Giusy

E bravo Giusy, che sta lì a interrogarsi sulle intenzioni di Dickens. Pip ed Estella alla fine stanno insieme o no? In quella distesa di luce quieta che gli apparve dinanzi, cosa vide Pip? Bel dilemma. Gli rispondo per come la vedo io: all'inizio Dickens scrisse *I saw the shadow of no parting from her*: «vidi l'ombra di nessuna separazione da lei» (la traduzione letterale in italiano mi genera sempre una certa sofferenza) ma poi la corresse e scrisse *I saw no shadow of another parting from her*: «non vidi l'ombra di un'altra separazione da lei». Solo che può significare anche «non vidi, perché non mi accorsi, l'ombra di un'altra separazione da lei». Insomma il buon Charles non si rassegnava a concedere tanto facilmente il lieto fine. Giustamente. Era realista. Consiglio infine a Giusy *Un giorno questo dolore ti sarà utile* di Peter Cameron, anche per variare un po' dai soliti classiconi inglesi ed evitare che gli vengano a noia, e scatto una foto alla romantica panchina in pietra assediata da gerani bianchi e scarlatti che si trova sotto le vetrate della biblioteca, davanti al cosiddetto giardino di Sophia. Si chiama così perché fu disegnato e voluto dalla Lady Sophia del ritratto nel salottino di Lord Hasbury, per intenderci, quella che ti ingiunge con lo sguardo di startene al tuo posto. Gli racconto che è capitato più di una volta che qualcuno dei turisti in devoto pellegrinaggio dell'*Orfana di Mallands Park* lasciasse una lettera sulla panchina – quindi non è soltanto lui a essere fissato con quella scena che, persino io sono costretta ad ammettere, è proprio coinvolgente. Elegante, persino – forse perché c'è Schubert in sottofondo e l'Orfana una volta tanto non ha le tette al vento.

L'e-mail di Giusy, accanto alle telefonate sempre sul filo della preoccupazione dei miei genitori, insieme ai messaggi su WhatsApp di qualche amica che trova perlomeno bizzarro il mio comportamento, mi ricordano che prima di abbandonarmi a quest'idillio bucolico nel Dorset avevo una vita in Italia che ho volutamente lasciato sospesa.

Cerco di tranquillizzare tutti: non è una scelta definitiva, è solo una parentesi che mi fa stare bene, riuscite a essere contenti di questo? Ma è proprio il fatto che sia transitorio a impensierirli ancora di più. Lo vedono come l'ennesimo progetto strampalato privo di una direzione chiara e per questo inaccettabile da parte di una ventisettenne che l'esame di maturità dovrebbe averlo sostenuto da un pezzo.

Credo che comunque per il momento non farò mia la loro preoccupazione e continuerò a indossare i panni del figliol prodigo in fase non redenta.

Nel frattempo, quando alle cinque si conclude l'ultima visita di Chaverton, porto avanti le mie ricerche in maniera sistematica. Ci sono diciotto persone da rintracciare e uno stuolo di eventuali pronipoti da stalkerare con ogni mezzo social. Ci vogliono tempo, pazienza e una buona connessione internet. A me, tutto considerato, non manca nessuno dei tre. Tempo un paio di giorni mi ritrovo sommersa dalle risposte: alcuni non c'entrano niente con la mia storia, sono semplicemente omonimi, e mi scuso subito per averli disturbati ringraziando comunque per la risposta. Ma in mezzo alla sfilza di insuccessi c'è forse una pallida traccia che potrebbe tornare utile.

Si tratta di Anna Lia D'Amico, figlia di Eugenio D'Amico classe 1918, prigioniero di guerra per oltre due anni al campo n° 44 in località Goathurst nel Somerset e poi a Chaverton House fino alla liberazione.

Anna Lia ha raccolto molti racconti del padre ed è disposta a fare una chiacchierata al telefono che si rivela lunga e ricca di informazioni.

«Sì», mi racconta, «è vero che i prigionieri di guerra in Inghilterra erano trattati discretamente dal punto di vista umano e certamente meglio che in Germania, in Russia o in Sudafrica, però non è la vacanza che certuni raccontano. O almeno così non fu per mio padre. Mio padre», ripete duramente, «non fu pagato per il suo lavoro né dagli inglesi né men che meno dagli italiani. Appena arrivato gli è stato chiesto, come anche a molti altri, se era disposto ad andare a lavorare nelle fattorie della zona. Meno della metà ha accettato e sono stati chiamati "collaboratori". Il problema è che sono stati considerati traditori dagli altri prigionieri, quelli che credevano che Mussolini alla fine avrebbe trionfato. Gli dicevano che gli avrebbero sparato quando sarebbero tornati a casa. Una volta un compagno d'armi, che era stato camicia nera nella sua città, gli sputò addosso.

«E d'altra parte, non era visto di buon occhio che i prigionieri italiani si integrassero con gli inglesi e non potevano allontanarsi per più di cinque miglia dal loro posto di lavoro. Lui si sentì sempre disprezzato come il nemico fascista – quando sa solo Dio che lui non lo era affatto! Fu terribile per papà.

«A Chaverton andò un po' meglio, lo diceva anche lui. Se non altro fu pagato quattro soldi, ma lui ci rimase soltanto due mesi. Nel 1945, a guerra finita, i prigionieri furono riuniti in un campo a Wookey Hole. Le autorità dissero loro che se lo desideravano potevano rimanere in Inghilterra come uomini liberi oppure potevano essere rimpatriati.»

Questa per me è una svolta: quindi, in teoria, Angelo sarebbe potuto non rientrare in Italia, nemmeno per quei mesi in cui in effetti è comprovato che lasciò Chaverton.

Intendo dire che se le sue intenzioni fossero state di rimanere in Inghilterra, avrebbe potuto farlo senza nemmeno ripassare per casa. Invece volle tornare. Perché?

Chissà se aveva già preso la decisione di stabilirsi nel Regno Unito o se piuttosto in Italia accadde qualcosa che lo obbligò a tornare a Chaverton.

«Ma mio padre», prosegue, «non voleva rimanere in Inghilterra, non ci pensava nemmeno e tornò a casa, a Letojanni.»

Le chiedo se suo padre, dato che era tanto loquace, le parlò mai di chi invece aveva scelto di rimanere.

«Sì, e li considerava dei rinnegati», risponde ridacchiando. «Papà aveva una visione abbastanza estrema. E sa, forse noi oggi non li possiamo capire. La nostra è una generazione cui è andata sempre bene. Ma chi ha vissuto la mancanza di libertà… chi ha provato la paura dei bombardamenti… ragiona diversamente da noi.»

«E le ha mai parlato di Angelo Focante?»

«È un nome che non mi dice niente.»

«E di Umberto Taratufolo?»

«No, mi dispiace.»

Ci salutiamo quindi gentilmente – mi azzardo anche a dirle che Chaverton in realtà è bellissima e che forse potrebbe farle piacere visitarla.

«Non ho dubbi, ma resto fedele al giuramento di papà: noi D'Amico con l'Inghilterra non ci vogliamo avere a che fare!»

16.

È arrivato il week-end inglese di mio fratello Alberto che, se lo chiamo Splendido Splendente, un motivo ci sarà.

Arriva a Chaverton a bordo di uno spiderino Alfa Romeo – noleggiare una Opel Corsa sembrava sconveniente – il Panerai al polso, l'accento da industriale della Brianza, l'aria di chi dentro di sé pensa: "Se questa cosa non la risolvo io, non sarà in grado di farlo nessuno".

Scendendo dall'auto sfila gli occhiali da sole e mi abbraccia forte. Lui fa sempre scena con il suo trasporto, ma ammetto di essere contenta di coinvolgerlo in questa mia avventura, di incorporarlo in lei, in qualche modo. È come se si creasse un collegamento tra il mio quotidiano e questa eccezionalità, e, proprio in virtù della sua presenza, l'essere qui diventasse meno straordinario. E non è un male, anzi.

Certo, non posso dire che siamo anime affini, io e mio fratello. Lui non fa mistero di trovare «dilettantesca» la mia indagine. Io non nego che lo sia, ma mi ha preso la mano.

«Non sei curioso di sapere cosa è successo al nostro bisnonno?»

Fa una pausa a effetto. «Angy, in tutta onestà, ho scoperto tre giorni fa che era una vittima di guerra ed era meglio continuare a pensare che lo fosse.»

«Per amore di verità…»

«Ma che amore di verità», mi interrompe. «O comunque è evidente che il punto non è soltanto questo», dice guardandosi intorno. «Questo è chiaramente il tuo genere.»

«Esiste davvero qualcuno per cui questo non corrisponde al *proprio genere*?»

«Me, per esempio. Ma sono sicuro che troverò come divertirmi. Fammi posare il bagaglio e poi andiamo a prenderci una birra.» Lo faccio entrare nel cottage, che si attira svariate critiche – e in effetti finché ci sto da sola sembra avvolgermi, ma se si è in due sembra opprimere.

«Lascia lì il trolley», gli dico indicando una poltroncina tappezzata di chintz. «Senti, Alberto, giusto per essere proprio diretti che tanto, tra fratelli, è inutile farsi cerimonie. Sei venuto a monitorare la situazione per conto di mamma e papà, lo so.»

«Un grazioso compitino.»

«Totalmente inutile, però.»

«Be' sai, una sorellina minore è un tesoro da preservare», replica con una buona dose di sarcasmo.

«In realtà in casa nostra se c'è un tesoro quelli siete tu e Alessio.»

Alberto solleva lo sguardo dal trolley che ha appena aperto e me lo punta addosso. «Non dire scemenze. Noi abbiamo sempre fatto da cavalier servente alla piccola di casa.» Questo ribaltamento della prospettiva non è del tutto nuovo e personalmente mi strappa un sorriso e mi fa pensare al fatto che non esistono mai le realtà oggettive, bensì solo il punto di vista di chi guarda. Il concetto di quel filtro molto soggettivo che abbiamo nel cervello e che processa gli eventi e ce li fa percepire in maniera del tutto individuale si applica perfettamente a ciascun membro della mia famiglia.

«Andiamo, ti faccio fare un giro della tenuta. È bellissima.»

«Anche no, Angy… sono stanco morto, portami a prendere qualcosa», dice, stravaccandosi sul mio letto che cigola disperato.

«Dai, prima il giro…»

«Lo vedi però che alla fine sei sempre tu che la spunti?»

«E qui viveva Angelo e quelli sono i campi di cui si occupava», spiego quindi a mio fratello, giunti davanti al magazzino che mi ha mostrato Alessandro.

L'attenzione di Alberto è più focalizzata sulle condizioni

in cui versano i suoi mocassini scamosciati dopo la lunga passeggiata a piedi. Le sue imprecazioni vengono coperte dal rumore penetrante del motore di un veicolo che irriga il campo a poca distanza da noi in mezzo al quale l'Estate Manager, insieme a Oliver, sta prendendo degli appunti su un bloc-notes.

«Ciao Alessandro!» gli grido, sbracciandomi per salutarlo.

Mio fratello inarca un sopracciglio. «Un po' di dignità», mi bisbiglia all'orecchio.

L'Estate Manager si volta e saluta con un cenno della mano; tuttavia la vista di mio fratello sembra accendere il suo interesse e spingerlo a incamminarsi verso di noi.

«Ti presento mio fratello, Alberto Bentivegna. Alberto, lui è Alessandro Almirante. La mia indagine sul nostro bisnonno gli deve davvero molto.»

«Non mi resta che ringraziarti», replica lui, e lo so che non gliene importa nulla, ma almeno è gentile.

«Dovere, tra connazionali. Giusto, Angelica?»

«Io lo sostengo da sempre.»

«E sei qui in vacanza?» s'informa l'Estate Manager.

«No. In realtà ero al London Economics Symposium.»

«Economista?»

«Già.»

E ovviamente questo punto di contatto tra i due è l'input per il conseguente scambio di informazioni su dove hanno studiato (l'Estate Manager a Roma e poi ha fatto un dottorato a Milano) e su un paio di conoscenze in comune.

«Noi andiamo a bere qualcosa fuori. Vuoi unirti? È il minimo che possa fare per sdebitarmi per l'aiuto che hai dato a mia sorella.»

«A sdebitarmi ci penso io, tranquillo», ribatto d'impulso.

Alessandro solleva le sopracciglia, forse con un po' di malizia. Al che aggiungo: «Ciò non toglie che se ti va...».

«Okay. Mi va.»

«Come si chiama quel posto che dicevi, Angy?» mi chiede quindi Alberto, ricordandosi improvvisamente della mia presenza.

«Le Petit Pamplemousse. Ci troviamo lì per le sette?» dico quindi io, per tirare le somme.

«Okay», risponde Alessandro, con una semplice scrollata di spalle.

Il locale sorprende Alberto per la sua grazia urbana e solletica la sua curiosità – mio fratello è uno che chiede il perché di ogni cosa peggio di un bambino di tre anni.

«Chi è il proprietario? Un londinese?»

«*Una* londinese», lo corregge Alessandro.

«Be' era ovvio. E fa affari in un posto del genere?»

Alessandro corruga la fronte. «Mi è giunta voce che non si può lamentare. Se ci pensi, a Londra sarebbe uno dei tanti, mentre qui è unico e solo, e richiama gente dai dintorni.»

«Volete dirmi che qui c'è molto giro?»

«Più di quanto pensi», intervengo io.

«Intendiamoci, non è Manhattan», si affretta a dire Alessandro, «ma le persone stanno riscoprendo l'interesse per la campagna.»

«*De gustibus*», conclude Alberto, mentre con lo sguardo avvolge la figura formosa di Vanessa, che di sera ha iniziato a lavorare qui con la sorella per raccogliere un gruzzoletto con cui realizzare il sogno di trasferirsi a Londra. Noto che anche lei lo sbircia con un certo inequivocabile interesse. Alberto ha ordinato un cocktail dall'improbabile nome Ricordo del passato a base di gin, sidro e pepe, mentre Alessandro un Hendrick's liscio.

«E quindi, come se la cava la nostra Angy come guida turistica?» domanda Alberto ad Alessandro – che poi io dico, cosa vuoi che ti risponda?

«Sorprendentemente bene», lo rassicura l'Estate Manager.

«Noi in famiglia non ci stupiamo più di niente quando si tratta di lei.»

«E non è un bene?» chiede Alessandro.

«Dipende, direi», ribatte prontamente mio fratello. «Se sono belle o brutte sorprese.»

«Io comunque sarei qui», faccio presente. «E ho anche un'opinione al riguardo.»

«Allora diccela», fa Alessandro, inclinando il capo di lato, sorseggiando il suo Hendrick's.

«Penso che le brutte sorprese siano utili non meno delle belle. Eccome se servono. Pensa che noia in famiglia senza una come me, con il clima di perfezione che si respira. Ci vuole la pecora nera, se no di che parlereste?»

Vanessa nel frattempo porta il mio Pimm's ricetta Wimbledon (con limonata e Ginger Ale). Se non lo prendo in una remota contrada del Dorset, allora dove?

Nuovamente lei e mio fratello si scambiano divertite occhiate di fuoco.

«Su questo ti do ragione, quando ti sei rotta l'osso sacro hai sicuramente movimentato le nostre giornate», risponde infine Alberto.

«Era il coccige.»

«Come se lo è rotto?» domanda Alessandro a mio fratello.

«Lascia stare.»

«Ha pensato di affrontare di petto una banda di bulli della scuola in cui faceva supplenze anziché più semplicemente farsi aiutare, non so, dal preside?»

«Sono sicura che abbiamo altri argomenti oltre al mio coccige con cui fare *small talk*, come dicono qui.»

«Piccola coraggiosa Angelica», mormora Alessandro, facendomi l'occhiolino.

«E tu, Alessandro, raccontaci com'è che sei diventato un nobiluomo di campagna.»

«Semplice. Ho sposato un'ereditiera», risponde l'Estate Manager, flemmatico.

«Cioè l'erede di tutta Chaverton House?» chiede mio fratello, strabuzzando gli occhi.

«Della metà di Chaverton.»

«Be', direi che comunque te la fai bastare!» ribatte Alberto, che è sopra le righe più del solito.

«Suppongo di potermi accontentare.»

«Sei passato dal mare pieno di squali della finanza della City a questo paradiso. Saggia scelta.»

«Se di scelta si può parlare», commenta Alessandro, con un sorriso che non capisco se è amaro o sereno. Ma del resto la serenità è anche accettazione dell'inevitabile amarezza della vita, quindi forse le due cose coesistono molto più di quanto non crediamo. Anche in un'espressione del viso.

«Mi dicevi, Angy, che la ragazza che serve ai tavoli lavora anche lei a Chaverton.»

«Al negozio di souvenir.»

«Finché il locale è vuoto, perché non la invitiamo al tavolo con noi?» propone Alberto. Senza aspettare risposta, chiama Vanessa con un cenno e lei si presenta con la carta dei cocktail, rimanendo sorpresa quando invece le diciamo di prendersi qualcosa anche lei e sedersi con noi. Oppone una debolissima resistenza superata in due secondi, o anche meno, grazie alle lusinghe di Alberto.

L'Estate Manager guarda l'ora un paio di volte, indeciso tra la noia, l'indifferenza e l'ambivalenza – della serie, non mi diverto ma non è che se fossi rimasto a casa a giocare a biliardo da solo mi sarei divertito di più.

L'aperitivo si conclude nel più prevedibile dei modi, con Alessandro che se ne torna alla tenuta per conto suo (anche se non mi è chiaro come, se è vero che non ha la patente) e Alberto che mi riporta al cottage parlando a ruota libera. Quando vedo che non scende dall'auto lo interrogo su che intenzioni abbia.

«Vado a fare un giro.»

«Da solo?»

«No che non vado da solo», risponde con un tono il cui sottotesto è: *Ma non l'hai capito che stasera ho programmi con e per Vanessa?* «Mi lasci un mazzo di chiavi?»

«Ne ho solo uno. Quando torni ti apro io, non ti preoccupare.»

Mio fratello non ribatte nel modo in cui farei io (un timido «ma non vorrei disturbarti...») e riparte con il turbo sullo spiderino a noleggio.

Rientra alle quattro e ha addosso lo stesso profumo al marshmallow di Vanessa, con cui mi impregna le lenzuola del letto.

Ma che devo dire, me l'aspettavo.

Alberto riparte l'indomani, dopo una colazione abbondante («alla fine forse era meglio se restavi a fare la panettiera») e una altrettanto abbondante sfilza di raccomandazioni di vario genere che vanno dal «trovati un lavoro stabile» al «cerca di non finire a letto con Almirante».

«In effetti non mi dispiacerebbe», considero con tono di sfida.

«E neanche a lui. Ma cerca di non metterti nei guai.»

«Neanche a lui?» gli faccio eco, emozionata.

«Che poi non ci sarebbe niente di male, per il mio modo di vedere. Ma tu non sei proprio il tipo. Tu hai ventisette anni come li avevano in *Piccolo mondo antico.*»

«Stai dicendo che sono obsoleta?»

«Già una che dice "obsoleta" si è risposta da sola.»

«Non avrei mai pensato di poter affrontare con te una conversazione come questa.»

«Nemmeno io. Ma non mi tiro mai indietro davanti a situazioni di emergenza.»

«Non c'è nessuna emergenza!»

Prima di chiudere lo sportello dell'auto mio fratello profetizza: «Ne riparliamo tra un mese».

17.

«Guarda che l'ho capito che te ne sei andata in Inghilterra a fare ricerche su mio padre», mi dice la zia Edvige, che mi ha telefonato alle otto senza considerare che qui in realtà sono le sette.

«Ma no, sono venuta a trovare un'amica e poi ho deciso di rimanere.»

«A me non m'imbrogli!»

«Certo zia, nessuno potrebbe.»

«Non me lo spiego altrimenti che tuo fratello in persona si sia scomodato per riacciuffarti.»

«E infatti non mi ha proprio riacciuffata. Vi ha tranquillizzati, almeno, che non sono finita sulla strada?»

«Comunque, ho una cosa da raccontarti.»

«Sentiamo», dico scendendo dal letto e poggiando i piedi sulle assi di legno del pavimento per raggiungere l'angolo cottura e farmi un caffè. Sullo sgocciolatoio accanto al lavello, i piatti che ho lavato ieri sera adesso sono asciutti. È una mattina nebbiosa e umida, che sarebbe impensabile ad agosto in Italia.

«Ma che stai guardando alla TV?»

«Niente zia, è il gallo», che in effetti si produce in un canto più stridulo del solito.

«Allora, mi ascolti?»

«Sì, certo.»

«Mi sono messa a cercare tra le cose di mia madre, che conservo ancora in un baule in cantina. Lei raccontava che quando ci siamo trasferite dalla Sicilia a Milano negli anni Sessanta aveva portato poche cose per viaggiare leggera.

Però aveva questo baule con alcuni pezzi del corredo – altri li aveva dati a mia sorella, tua nonna, quando si è sposata. Questi li teneva da parte per me, ma io saggiamente non mi sono mai sposata.»

«Un giorno mi dirai perché "saggiamente".»

«Perché ho fatto la vita che volevo e Dio solo sa quanto mi sono divertita.»

«E non ti sei mai sentita sola?»

«Mai. Nemmeno adesso. Anzi, soprattutto adesso. Ma ho sbagliato perché queste belle lenzuola avrei dovuto usarle per me.»

«Sei ancora in tempo.»

«No. La verità è che ci infarciscono la testa di questa storia che si deve vivere il presente e, lasciamelo dire, è una scemenza. Se uno vive il presente finisce con il dimenticarsi che il futuro esiste, e con lui anche la vecchiaia, e la morte. E questo è sbagliato perché se non pensi al fatto che morirai rischi di non dare il giusto valore a ogni secondo. E a ogni piccola cosa. E, tornando alle lenzuola, ormai le darò a te, a condizione che le utilizzi.»

«Obbedisco!»

«Brava bambina. Allora, dicevo. Sono andata a prendere il baule con il corredo. In mezzo c'era una scatola di latta e dentro c'erano fazzoletti con le iniziali di mio padre, sicuramente li aveva ricamati mia madre, e poi ho trovato la sua piastrina.»

«Cos'è la piastrina?»

«Una targhetta di metallo che portavano al collo i soldati, così se fossero morti avrebbero potuto essere identificati.»

«E c'era anche altro?»

«C'era una pagina ritagliata del "Corriere della Sera", con il titolone *Armistizio. Le ostilità cessate tra l'Italia l'Inghilterra e gli Stati Uniti.*»

Magari la bisnonna confidava nel ritorno del marito, ora che era stato firmato l'armistizio, e per questo aveva conservato il ritaglio di giornale.

«E c'era anche un biglietto di mio padre, del 1944: *Cara sposa io ho fede in Dio che mi deve far tornare.*» La voce della zia freme per l'emozione. «Era vivo. Questa è la prova regina. E mia madre lo ha sempre saputo.»

«Zia, sai… forse…» Cerco le parole giuste per avanzare ipotesi non troppo campate in aria. «Okay. Ammettiamo che non fosse morto. Magari però gli è successo qualcosa di grave… ed è vero che sto cercando di scoprire cosa.»

«Raccontiamocela così. È sempre meglio che pensare che ci abbia abbandonate.»

«Però lo hai letto il biglietto: ha fede in Dio che lo farà tornare. Non sono le parole di uno che vuole scappare dalla famiglia, non credi?»

«In effetti… in effetti», ripete pensosa. «Senti, ti ho tenuta troppo al telefono. Finisce che paghiamo assai.»

«Ci vediamo presto, zia.»

«Sì tesoro. Baci grandi.»

Il ci vediamo presto è una piccola bugia, mentre non lo è il pensiero che ad Angelo possa essere accaduto qualcosa e che l'enigma di famiglia sia più complesso di quanto non crediamo.

Giorno dopo giorno si è creata una dolce routine, e anche se in agosto i turisti sono aumentati e di conseguenza anche il lavoro, non avverto la stanchezza, anzi, trovo il nuovo stile di vita del tutto adatto a me.

Incrocio spesso l'Estate Manager quando perlustra le terre di Lord Hasbury: ogni giorno a una certa ora compie lo stesso itinerario, accompagnato da Oliver.

In genere è sul golf cart, ma un pomeriggio, alla fine delle visite e sulla strada verso il mio cottage, lo sorprendo a cavallo, altero come Heathcliff dopo che ha fatto i soldi, più disorientante di Nacho Figueras, ardito come Simón Bolívar in certi ritratti con il cavallo Palomo.

«Hai visto un fantasma?»

«No. Però vederti a cavallo…»

«Non sono molto atletico, questo è vero, ma una passeggiata posso ancora concedermela.»

«Tanto meglio.»

«Vuoi farti un giro? Le scuderie non sono lontane.»

«Ho preso qualche lezione con una specie di Ronzinante quando ero al liceo, ma non penso di essere in grado.»

«Se vuoi ti insegno. Lady Priscilla può montarla anche un principiante.» In effetti la cavalla rumina con aria non molto sveglia.

«Perché no», rispondo, rapidamente persuasa. Lui scende facendo del suo meglio (ed è comunque più agile di quanto mi aspettassi) e dicendo qualcosa con tono scherzoso tipo «la volontà è tutto».

Afferra le redini e le tiene affinché io possa salire da sinistra, dandomi la spinta con la gamba destra. Che si fa così, almeno, me lo ricordo.

Lady Priscilla incede in maniera lenta e pigra. Una leggerissima nebbia, la luce azzurrina, il rumore degli zoccoli sull'erba bagnata... mi sento infusa da un'autoindulgente libertà, mentre Chaverton si allontana sempre di più dalla mia vista.

«Da quanto non torni in Italia?» gli domando, approfittando del fatto che mi sembra di buonumore.

«Un po'.»

«Un po' quanto?»

«Un paio d'anni.»

«Non vai mai a trovare... non so, i tuoi?»

«A loro non dispiace venire a trovarmi qui.»

«E non ti manca l'Italia?»

Ci pensa. «Non ho un temperamento nostalgico.»

«Ma davvero, niente? Il sole, il mandolino...?»

«...e gli spaghetti, il mare, la pizza...»

Fatto sta che non risponde seriamente, dal che desumo che no, non gli manca, o che non vuole parlarne e piuttosto di rimando mi chiede: «Da quanto sei qui ormai, due mesi?».

«Meno. Ma mi manca un po'. L'Italia è come la mamma, la dai per scontata.»

«E ti manca qualcos'altro? O qualcun altro?»

«No dai. Non particolarmente. Non ancora.»

«Un ragazzo?»

«Non ce l'ho. L'ho scambiato con un terrazzino ma alla fine però non mi è rimasto neanche quello.»

«Un terrazzino?»

«Un terrazzino a Milano è l'oggetto del desiderio. Costa caro e quindi ci abitavamo in tre per dividere le spese ma poi il mio ragazzo si è messo con la coinquilina.» È un aneddoto splendido, a me fa persino ridere (adesso). «Ma terrazzino a parte, evidentemente qualcosa non andava.»

«Prova a farla andare tu, adesso. Serra i polpacci sui fianchi e fai il suono di un bacio.»

Lady Priscilla è così docile da obbedire subito. «Tieni i gomiti leggeri. Fidati di lei.»

«È una cara ragazza, la Priscilla.»

«Puoi giurarci.»

«È divertente!» esclamo, ed è vero. È estremamente gradevole zompettare nell'amenità del parco, nel temperato agosto inglese, come Margaret con il suo Alexander, in un sempre più sconcertante processo di immedesimazione. «Possiamo farlo qualche altra volta?»

«Va bene.»

«...vuoi insegnarmi anche a giocare a biliardo?»

«Scordatelo.»

E pazienza. Almeno ci ho provato.

18.

«La scalinata in quercia dà accesso al salone ottagonale del primo piano. Porta la data del 1636 ma fu di fatto completamente ricostruita nel 1830 usando le balaustre originali.»

Il solito gruppetto di dodici persone mi segue durante la visita dell'ala est.

«E questa è la sala da pranzo», annuncio, entrando in quella che è una delle mie stanze preferite – in cui spesso ambiento il sogno di me vestita in codice *black tie* mentre il fuoco arde nel camino e i camerieri in livrea servono *à la française*. Alla fine delle mie fantasticherie usualmente appare anche l'Estate Manager in smoking che mi offre dello champagne rosé in un'autentica flûte di Baccarat e mi dice: «Devo chiederti un favore in cambio di tutti quelli che io ho fatto a te».

È un vero peccato che alla fine quella sia rimasta una battuta – ricambierei in qualsiasi formula sia di suo gradimento.

Ma torno alla realtà: il tavolo ovale è da dodici commensali e Mrs Brightside lo fa sempre trovare apparecchiato con tazze da consommé e due candelabri simmetrici da cinque candele (rigorosamente spente). A centrotavola un lungo vassoio d'argento e una composizione di peonie rosa. L'allestimento è irreprensibile, peccato che nella realtà ormai la sala venga usata gran poco.

Mentre lascio che i visitatori ammirino la stanza e ambientino le loro personali fantasie mi accosto alla vetrata per dare un'occhiata fuori – ma senza mai perdere di vista troppo a lungo i turisti (precedenti di furto, ahimè, ce ne sono un bel po') fino a che scorgo Alessandro che fa salire Oliver sul sedile posteriore di una jeep. Poi sale a sua volta dal lato passeggero e la macchina parte. Il resto della visita va avanti con un peso sul cuore e la paura che il buon cagnolone stia male. All'ora di pranzo diserto il solito club sandwich con Vanessa per parlare direttamente con Mrs Brightside.

«Ah sì, il cane. Non so cosa abbia, sono anni che sta per morire, forse è giunta l'ora.» Mi chiede infine con i soliti modi gelidi, in confronto ai quali quelli della signora Danvers di *Rebecca. La prima moglie* sono pieni di giovialità: «Mangia qui?».

Alle cinque, dopo aver accompagnato l'ultimo gruppo di turisti allo shop di Vanessa vorrei tornare subito nel mio cottage ma lei mi fa cenno di restare.

Quando anche l'ultimo acquirente ha pagato la tazza in cui prenderà il tè ricordando la sua visita a Chaverton House, Vanessa chiude la porta a vetri e la cassa.

«Ti va di farti un giro, magari a Sherborne? Una ragazza a volte può avere voglia di fare shopping.»

«Proprio oggi, in realtà... preferirei non allontanarmi da Chaverton.»

«Fai attenzione a non mettere radici qui, Angy. Non è posto per noi, non è posto in cui restare.»

«Lo so. È soltanto oggi che non ho voglia. Sarà il ciclo.»

«Mmm.»

«Hai più sentito mio fratello?» le domando. Non so nemmeno io il perché, mi sembra un tipo di relazione talmente inverosimile e senza sbocchi. Cosa che probabilmente direbbe chiunque fosse chiamato a dire la sua sul mio sogno proibito con Alessandro.

«Certo che no.»

«Come mai?» chiedo mettendomi in allarme. «Si è comportato male?»

«Macché. Non era nei piani di entrambi, ci siamo divertiti e ci basta così. Non tutte cerchiamo il grande amore, Angy.»

Le fronde degli ippocastani si agitano mentre sulla BBC

danno in replica *L'orfana di Mallands Park.* Finisco con il rivedere l'episodio in cui l'Orfana fugge avventurosamente in Francia aiutata da una certa Miss Crankshaw. Se mai è esistito un programma TV sciacquacervello, questo è certamente *L'orfana di Mallands Park.*

Sento bussare alla porta proprio quando l'Orfana sta giurando vendetta agli assassini di Alexander, ed è l'Estate Manager.

Vederlo in piedi di fronte a me sulla soglia di quella che al momento è casa mia ha un effetto come di familiarità improvvisa. Ho una voglia innegabile di averne una ancora maggiore e di fare passi avanti verso dove non so.

«Posso entrare?» mi chiede.

Rispondo: «*Certovieni*», con una voce bitonale che non sembra nemmeno mia. «Vuoi sederti?» aggiungo, e in effetti lui lo sta già facendo.

«C'è odore di bar.»

C'è chi trova la pace nelle discipline orientali. Io la trovo nel laborioso e sfiancante procedimento di impasto dei cornetti, dieci ore di lievitazione inframezzata da innumerevoli piegature per ottenere la sfoglia. Ma alla fine premia sempre. «Ho i cornetti in forno.» Li ho messi a scongelare, un *guilty pleasure* per accompagnare la puntata dell'*Orfana.*

«Ah.»

«Ti ho visto con Oliver...»

«L'ho portato in una clinica. C'è una dottoressa italiana anche lì, ci credi?»

«Sta male?»

«Non peggio del solito, l'ho portato per un controllo ma lei ha voluto trattenerlo per degli esami. Io credo che Oliver sia agli sgoccioli.»

«Quanti anni ha?»

«Quattordici.»

«E la dottoressa che dice?»

«Che già domani lo potrò riportare a casa, ma che la situazione la conosco già.»

«Mi dispiace.» Sono sincera e se penso agli occhioni acquosi di Oliver mi prende un'imprevedibile commozione – anche se va detto che mi prendeva anche prima. Oliver ha l'infallibile capacità di contagiare le persone di una tristezza cosmica – senso di sconfitta, di svantaggio e desolazione, tutto concentrato nello sguardo di un cane. Spero però che domani possa tornare a casa e che sia loro concesso un altro po' di tempo.

Seduti l'uno di fianco all'altra restiamo in silenzio qualche momento. Sto per dirgli che da bambina anche io avevo un cane. Era una pechinese di nome Lulù, e in effetti quando poi è morta mia madre ne ha sofferto talmente tanto che non ha più voluto prendere animali per non rivivere l'esperienza. Ma non mi sembra consolante e stabilisco che in certe occasioni non dire nulla è preferibile a quattro parole buttate lì tanto per dir qualcosa.

Nel frattempo le immagini dell'*Orfana di Mallands Park* scorrono nostro malgrado.

«Ti sei appassionata anche tu, alla fine?» mi domanda, senza stupore.

«Sì, e non me lo spiego.»

«Posso dire la verità? Io lo trovo deleterio.»

«Be', non più di tante altre cose. E sicuramente non per le casse di Chaverton.»

«Decisamente no. Ha portato un flusso di denaro di cui c'era un gran bisogno.»

«Come si fa a mantenere una proprietà del genere?» gli chiedo, ricordando di aver studiato che dopo la prima guerra mondiale molti nobili persero le loro dimore per l'incapacità di adattare l'amministrazione ai tempi che erano ormai cambiati.

«Non si può più puntare solo sull'agricoltura, questo è sicuro, e nemmeno sulla presenza di fittavoli. L'Inghilterra non è più un paese rurale come è stato per secoli. Chaverton di fatto resiste grazie al turismo. E all'*Orfana*, appunto. La manutenzione è continua e interminabile e chiudere ogni anno senza debiti è un'impresa logorante.»

«Mi stavo chiedendo», dico all'improvviso, «hai mai pensato di organizzare una mostra?»

«Di cosa?» chiede annoiato, lo sguardo fisso sul bellissimo viso di Margaret in TV.

«Dei cimeli della serie. In una delle sale che la famiglia non utilizza ma che i fan possono riconoscere. E ci metti abiti, oggetti... e ovviamente la stampa ne parlerà, i social media pure... già me lo vedo. Un evento speciale, sensazionale, ovviamente a durata limitata e con un bel ticket da pagare. Batti cassa e aiuti il budget.»

«L'idea è disdicevole ma ha una sua ingegnosità.»

«Mi sembra un vero peccato non capitalizzare fino in fondo i vantaggi dell'*Orfana*», mi schermisco, lusingata dal complimento, mentre lui estrae il telefono dalla tasca del pantalone e digita qualcosa.

«Che fai?»

«Scrivo a Lenny Rodinsgale.»

«Che è?»

«L'organizzatore generale della produzione dell'"Obbrobbrio di Mallands Park".»

«Non vuoi pensarci un po' su? Ancora aspetto risposta per quella mia idea sugli *scones.*»

«No quella era pessima. Ma questa è buona, al di là di tutto.»

«Bene, così ho pareggiato tutti i vari debiti di buone idee che ho con te.»

«Non ne sarei così sicuro.»

Fa per mettersi in piedi e ha l'aria davvero esausta.

«Alessandro... c'è qualcosa che volevi dirmi?»

«Ah sì. Chi si occupa dei contratti mi ha detto che manca una firma, sul tuo.»

«Okay. Ci andrò domani. Sei stato carino a venire a dirmelo di persona.»

«Il fine ultimo è accrescere il tuo debito.»

«Lo vuoi un cornetto?»

«Te ne vuoi uscire con poco...»

«Tu prova.»

«Va bene.»

Improvvisamente, con lui al centro, lo spazio dell'angolo cottura sembra ancora più ristretto. Depongo quindi il cornetto ancora fumante su un piatto commemorativo del matrimonio di Carlo d'Inghilterra con Camilla del 9 aprile 2005. Mi sento in uno di quei film su Hallmark Channel che nessuno ammette mai di guardare.

Alessandro aspetta giusto il tempo che si freddi un po' e se lo spazzola fino all'ultima briciola.

«Ne hai ancora?» chiede.

«Sì.» L'avevo scongelato per dopo cena, ma figuriamoci se non glielo cedo.

«Ma veramente l'hai fatto tutto tu?»

«Sì.»

«Da burro e farina a questo?»

«Sì, e anche attraverso altri millemila vari passaggi intermedi.»

«Però.»

Potrei giurarlo: mi sta guardando con occhi nuovi.

Nel frattempo, in un'altra lontana dimensione eppure a stretto contatto con la nostra...

«Ve l'avevo detto che era un regalo molto, molto utile!» esclama la fata, battendo le mani.

Le altre la fissano scettiche, con le braccia conserte. «No. Sono il buonumore e il temperamento docile a funzionare. Lui ha l'animo tempestoso dell'eroe byroniano. Ha una gamba fuori uso e gli sta anche morendo il cane.» L'analisi della fata più anziana non sembra fare una piega.

«Esatto! Una ragazza come Angelica è perfetta per lui», aggiunge romanticamente la seconda fata. «Un uomo tormentato ha bisogno di una ragazza soave.»

«Evviva il cliché. Che si sia leccato i baffi non vi passa nemmeno per la testa, eh? Vi sembra tanto incredibile che siano stati i trecento grammi di burro impastati dalle amorevoli manine di Angelica a curare le ferite della sua anima? Guardatelo. È folgorato. Ha capito che è la donna della sua vita.

Vi ricordo che il massimo che faceva era portarla a spasso su Lady Priscilla.»

«Ma non possiamo ancora dire che sia cambiato qualcosa», obiettano le altre due. E a ben pensarci a ragione.

«Vedrete. Vedrete», replica la fata, fiduciosa.

19.

Il sole sorge su Chaverton spargendo una luce morbida.

Ho dormito male: ho il sospetto che da qualche parte, tra le travi del soffitto, si sia nascosto un roditore o forse un pipistrello – non so cosa sia peggio – e quando finalmente perdevo i sensi vinta dal sonno mi svegliavo di soprassalto.

Mi avvolgo in un cardigan ed esco in giardino: faccio colazione sul prato, nonostante l'erba sia ancora umida per la condensa notturna. La copro con una tovaglia di tartan e bevo un succo d'arancia accompagnata dal canto insistente di un merlo.

In questa pace avverto una sorta di dolce pigrizia che mi inebria. E anche se la vera ragione per cui in teoria sarei qui non svela ancora i suoi segreti, penso che rimanere valga sempre più la pena.

«Gli arboreti di Chaverton contengono una delle più ricche raccolte di esemplari del paese. Molti degli alberi della collezione sono rari e insoliti, come il *Wollemia nobilis* e il *Glyptostrobus pensilis*. Furono per lo più piantati alla fine degli anni Settanta e Ottanta, ma alcuni, per esempio i castagni spagnoli e varie conifere, sono molto più vecchi, forse fino a seicento anni.»

«È possibile farci un giro?» mi viene chiesto da un signore rubicondo, con robusti polpacci a vista e calzini di spugna bianchi.

«Sì, certo, alla fine del tour all'interno della casa sarete liberi di visitare i giardini e naturalmente di fare una sosta al nostro shop.»

Nel frattempo, tra un gruppo e l'altro, ricevo un'e-mail da parte di Giusy.

Mittente: Giuseppe Greco

Cara prof,
come sta?
Qui in Italia il caldo quest'estate è feroce. La mia famiglia e io ci accingiamo ad andare in vacanza a Cosenza dai miei nonni paterni e io ho già preparato la mia valigia.
Ho letto *Un giorno questo dolore ti sarà utile*, come lei mi ha consigliato. Ci sono delle cose che sentivo lontane ma altre invece molto vicine. L'esperienza di James a Washington mi ha ricordato quando questo aprile c'è stata la gita a Firenze ma nessuno dei miei compagni di classe voleva stare in stanza con me. E anche se io li disprezzo a mia volta, e mi sento forte, questi rifiuti lasciano il segno e mi fanno sentire sempre più diverso. Intendo dire che anche se non stimo una persona, ma sono tenuto a dividere la stanza con lei, io non direi mai con te non voglio starci. Mica ha la lebbra. Ci vuole molta forza interiore per non sentirsi infelici e senza prospettive.
Stavo pensando che qualcuno dovrebbe rispondere alle lettere che la gente lascia sulla panchina dell'Orfana. Perché non lo fa lei? Sa come in quel film in cui un gruppo di signore a Verona risponde alle lettere a Giulietta?
Se la gente scrive è perché spera in una risposta.
Le mando *a basket of wishes*,
con affetto

Giusy

Gli rispondo durante la pausa pranzo, raccontandogli che anche a me è capitato una volta qualcosa di simile all'episodio che è successo a lui. E se è vero che con gli anni tante cose perdono importanza e con gli occhi di oggi non ne farei un dramma, lì per lì la cosa mi sconvolse. Il mondo è fatto di questo equilibrio netto tra chi rifila randellate e chi le riceve. Bisogna cercare di non far parte della prima categoria se non per questioni di mera sopravvivenza e talvolta accettare di unirsi con grazia e una certa dose di strafottenza alla seconda. Ma Giusy non può capirlo, non adesso, del resto non l'ho ancora messo in pratica nemmeno io.

Intanto, al negozio di Chaverton, Vanessa sta scartando il vassoio con i sandwich arrivati direttamente dalla cucina della servitù. «Bleah. La maionese puzza di uovo», commenta indignata. A me non sembra tanto peggio del solito. «Hai già programmi per la festa dell'estate?»

«Cos'è?»

«Una specie di ferragosto inglese. È l'ultimo lunedì di agosto e finalmente questo posto inutile resterà chiuso.»

«Ah. Non ne sapevo niente. Dunque no, non ho programmi.»

«Noi forse si va a Londra.»

«Ci verrei volentieri.»

Vanessa alza il pollice mentre addenta il sandwich, che le farà pure ribrezzo ma comunque trangugia avidamente. Poi il caffè e infine si ricomincia: raduno i turisti e la routine, almeno fino alle 17, sembra quella instancabile degli indumenti che girano in cerchio nel cestello dell'asciugatrice.

Più tardi, finite le visite e quando sono già alle prese con le pulizie del cottage, ricevo un messaggio sul telefono da un numero sconosciuto. *Oliver è tornato. Se ti va di salutarlo, ci trovi nell'ala ovest.*

Ovviamente fremo dalla voglia di raggiungere entrambi nella buia e proibita ala ovest.

AB: *Mi pareva di aver capito che l'accesso all'ala ovest mi fosse interdetto…*

AA: *Sarà un'eccezione.*

AB: *Allora arrivo!*

Arrivo, una parola.

Dal mio cottage all'ala ovest ci sono due chilometri – comprovati dalla app con il cuoricino che ho sul telefono e che conta i passi fatti durante la giornata.

Quando arrivo mi sento già sudata e con le orecchie in fiamme.

L'unica porta aperta dà accesso a un salotto di dimensioni più contenute rispetto alle immense sale che mostro ai turisti. Le pareti sono rivestite da una carta damascata azzurra e al centro della sala vi è un magnifico pianoforte a coda. Su una consolle poggiata allo schienale del divano sono disposti vari portafoto in argento, tra cui uno con un'immagine del matrimonio di Alessandro con Allegra: lui in tight, la chioma impomatata in stile *Grande Gatsby*, lei con un abito bianco molto semplice, i capelli scuri raccolti in uno chignon un po' troppo tirato, bella ma con un'espressione rigida. Non sembrano una coppia moderna ma del resto un po' tutto, in questo posto, in questo mondo, rimanda a un'epoca che non esiste più ed è per questo che è rivestito da una patina intrinseca di bellezza e tristezza.

La sala comunica con un'altra stanza, ma la porta è chiusa. Mi siedo sullo sgabello del piano e mando un messaggio ad Alessandro – e farlo sotto lo sguardo della coppia di sposi nella foto mi fa sentire un po' a disagio.

Poco dopo la porta si apre e lui appare.

«Non mi dire che suoni anche il piano.»

«No, macché. Però ho una zia ungherese che è una pianista molto famosa e i miei cugini sono bravissimi. Tu sai suonare?»

Scuote il capo. «Non fa per me.»

«Oliver?»

«Per di qua», risponde lui, e io lo seguo in una stanza che sembra un'anticamera, un po' più luminosa – sarà l'esposizione – e con una libreria piena di volumi contemporanei. Ci sono una poltrona di pelle dal design novecentesco e poi una scrivania, sotto la quale è raggomitolato Oliver, con l'aria offesa di chi è stato sottoposto a pratiche lesive della dignità personale.

«Come sono andati gli esami?»

«Meglio del previsto.»

«Che sollievo», mormoro mentre mi abbasso per accarezzare il pelo ispido del buon cagnolone.

Sento che mi osserva mentre lo faccio e sollevo il viso per incrociare il suo sguardo che, all'improvviso, è diverso, sfrontato e pienamente consapevole che possiamo oltrepassare il limite, basta un attimo.

«Alzati», dice improvvisamente, porgendomi la mano.

Come sotto l'effetto di un incantesimo, obbedisco e sono di fronte a lui. Dovrei salutare e andarmene – cosa ben più appropriata da fare anziché stare ad aspettare. Cosa, poi? Sento Vanessa ripetermi che non tutte cerchiamo il grande amore. Scommetto che non ha fatto il terzo grado ad Alberto e ha semplicemente interrotto ogni connessione con la razionalità per quel paio d'ore di divertimento.

Ma comunque, prima ancora di poter mettere alla prova me stessa e il mio modo di essere, qualunque cosa gli fosse passata per la mente sembra svanire del tutto – perché in definitiva tra tutte le cose sconcertanti che avrebbe potuto dirmi se ne esce con: «Mi sembrava stessi scomoda». E io: «Ah sì un po'...» per quanto io fossi tutto tranne che scomoda. «Be', senti, sono proprio contenta per Oliver», dico quindi, dirigendomi verso la sala con il grande pianoforte a coda.

«Grazie. A domani», dice infine, scortandomi fino alla porta.

In un bilancio tra il dire e il fare e tra il non fare e il tacere, quest'ultima combinazione ha vinto a mani basse. E questo dovrebbe farmi riflettere, perché come dice sempre la zia Edvige, con l'acqua tiepida non si cuoce niente.

Tuttavia, quando passo davanti alla foto degli sposi, penso che anche se io ero pronta a perdermi, è stato meglio, piuttosto, perdere l'attimo. Ma è una magra, magrissima consolazione.

20.

Così come facilmente è nata, quella sensazione reciproca di possibilità e apertura apparentemente è morta. Che poi, in realtà, non sono più certa che fosse davvero reciproca... ma meglio non pensarci.

Nel frattempo, Lenny Rodinsgale è arrivato in una mattina umida e torbida, con un completo a scacchi e scarpe brogue.

Alessandro lo ha accolto festosamente – nei limiti di quanto Alessandro possa *in effetti* accogliere festosamente qualcuno – e insieme hanno discusso della sala giusta in cui organizzare l'esposizione. Lo so perché c'ero.

«Del resto l'idea è sua», ha detto l'Estate Manager a Lenny, guardando verso di me. Sono stata invitata a pranzare con loro in un salottino nell'ala ovest, al fine di illustrare a Lenny per filo e per segno tutte le mie idee sulla mostra.

«Si potrebbero realizzare dei pannelli con foto di scena e appenderli alle pareti, e magari anche proiettare un backstage realizzato ad hoc su tutte le scene girate qui... e perché no, potreste esporre i copioni originali permettendo alla gente di sfogliarli. Poi, se fosse possibile, sarebbe da mostrare il ritratto di Alexander che si vede nella terza stagione e naturalmente gli abiti di scena, quelli più ne abbiamo meglio è. Infine, a mio avviso, nel biglietto di ingresso dovrebbero essere inclusi un cocktail di benvenuto e degli stuzzichini. Fa sempre buona ospitalità. La gente deve vivere il sogno e al termine della visita deve tornarsene a casa propria convinta di aver vissuto per un'ora nelle stesse coordinate spazio-temporali di Margaret.»

«Non è niente di complicato», aggiunge Alessandro.

«Be', no. Certo, richiede comunque delle risorse da impiegare.»

«Poca roba. E ovviamente avrete un ritorno in termini di diritti.»

«Sì, sì», ribatte Rodinsgale, tuttavia si percepisce l'ombra di un vago scetticismo nella sua voce.

Poi Alessandro si alza da tavola per una telefonata, e non appena siamo da soli, Lenny pulisce giudiziosamente le labbra con un tovagliolo di stoffa e mi dice: «In un libro che si chiama *Ritorno a Brideshead* – l'ho letto da poco, perché vorrei farci una serie TV magari con Timothée Chalamet –, un personaggio dice di un altro che vive isolato in un piccolo mondo dentro un piccolo mondo».

Inclino il capo, pensosamente: «E ti fa pensare ad Alex?».

«Sì. Ormai è più inglese degli inglesi.»

«Si supporrebbe essere un complimento», osservo io, mentre accarezzo le orecchie di Oliver che si è avvicinato al nostro tavolo. È «il» complimento, per una come me.

«Io ho un nonno irlandese. Non so proprio se detto da me è qualcosa di positivo.»

«Sbaglio o c'è qualcosa che non ti convince nell'idea della mostra?» gli dico poi, andando al sodo.

«La gente viene qui in pellegrinaggio, riempiendo le casse di Chaverton, con o senza mostra. *L'orfana* ha aumentato le visite di Chaverton di un buon settanta per cento anche se Alex detesta ammetterlo. Forse senza la serie avrebbero dovuto vendere la tenuta al National Trust o a qualche pacchiano miliardario russo oppure a Cristiano Ronaldo… e questo nonostante tutti gli sforzi di Alex di conservare la proprietà per gli Hasbury che negli ultimi anni l'avevano amministrata disastrosamente. Quindi, per concludere. Siccome la nostra serie ha un seguito stellare in tutto il mondo, la mostra, come tutto ciò che riguarda *L'orfana*, serve più a loro che a noi...»

«Ma non è del tutto vero. Chaverton ha reso *Mallands Park…*» mi inceppo cercando la parola più a effetto «…iconica.»

Le labbra nascoste da una barba brizzolata molto curata si arricciano in un'espressione contrariata. «Sul territorio nazionale dimore come Chaverton ce ne sono quante ne vuoi. Anche più sontuose. Chaverton era quella che costava meno. E in più, all'epoca ero fidanzato con Cecily. Conosci Cecily?»

«La sorella di Allegra che ora vive in Danimarca?»

«Proprio lei. Quella monella di Cecily», dice con un tono pieno di allusioni. «Comunque, dicevo. Frequentavo questa baracca grazie a Cecily e abbiamo trovato un accordo che faceva comodo a tutti.»

«Però», sono pronta a obiettare, «la morte di Alexander... un colpo alla serie lo ha dato.»

«Miss Angelica. Nessun "colpo" né agli ascolti né agli incassi.»

«Ma al cuore degli spettatori, sì!»

«Il pubblico è autolesionista per definizione. Ma che fine ha fatto Alex? Cioè, è delizioso parlare con te, ma purtroppo non sei tu a poter firmare i contratti.»

«Quindi alla fine accetti l'idea della mostra, nonostante tutto?»

«Ma sì... non ho niente da perderci. Però devo fare un po' di storie e far penare Alex. Se no non c'è piacere. E questo, signorina, vale in tutto...» conclude, con un sorriso che rigetta ogni candore, se non quello di una dentatura sbiancata da un bravo dentista.

Sento i miei, ormai in fase più rassegnata che ribelle al volgere delle mie sorti. Mio padre si sta preparando perché stanotte farà un intercontinentale, mia madre a sua volta domani all'alba partirà per Zurigo. Sembrano i genitori di Ottoline in quella serie di libri per ragazzi di Chris Riddell: sono sempre a cercare oggetti assurdi in giro per il mondo e ogni tanto mandano cartoline alla loro «Carissima O». Concludono sempre con «papà ti saluta, ti vogliamo bene» ma c'è immancabilmente un PS del genere «il ripostiglio dell'ingresso va riordinato». Ecco, i miei sono tali e quali.

Poco dopo – e quant'è vero che a volte le cose arrivano

quando si smette di aspettarle – ricevo il segno che credevo non avrei più avuto: un'e-mail in inglese di James Taratufolo.

Mittente: James Taratufolo

Meglio tardi che mai, si dice...
So che mi hai cercato, anche nella casa a Yetminster, e so che cerchi notizie del tuo bisnonno che era compagno di sventure di mio nonno. Ho una buona notizia per te – per tutti noi, in realtà! Mio nonno Umberto, alla veneranda età di novantacinque anni, è ancora discretamente lucido e credo proprio che sarebbe felice di incontrarti.
Tuttavia ti chiedo lo sforzo di arrivare fino a Oxford, dove tutti noi viviamo. Anche se rimpiange sempre il Dorset, da anni ormai il nonno risiede in una casa di riposo vicino all'università dove io lavoro come tecnico informatico. L'orario di ricevimento è dalle sei alle sette di sera. Se ti va bene potremmo incontrarci all'ingresso dell'ospizio St Anne House una decina di minuti prima, giusto per conoscerci e poi entrare insieme.
Fammi sapere se e in che data è possibile per te incontrarci.
Cordialità,

James Taratufolo

Questa sì che è una fortuna! Umberto ancora vivo e presente a sé stesso!

Controllo su Google Maps: da Yetminster a Oxford sono più di due ore di macchina; quindi per essere alle sei alla casa di riposo di Umberto Taratufolo dovrei partire da qui alle 15.30 – e in tutto questo noleggiare anche un'auto. Tanto vale chiedere all'Estate Manager un intero pomeriggio libero, cosa che non è contemplata nel mio contratto di lavoro. Tuttavia, quando ho firmato, mi ha detto che eccezionalmente, solo per questioni di vita o di morte, avrei potuto essere sostituita da Mrs Brightside.

Bisogna capire se riterrà il mio incontro con il vecchio signor Taratufolo una questione di tale entità, e allora meglio saperlo subito: gli mando un messaggio in cui gli chiedo di potergli parlare per una questione di lavoro.

AA: *Sono nel mio ufficio.*

AB: *Se non disturbo ti raggiungo lì.*

AA: *Ok.*

Infilo una mantellina di plastica per ripararmi da un nuovo imprevedibile scroscio di pioggia e raggiungo l'ufficio ai margini della tenuta (1,5 km, la solita app con il cuoricino non mente).

È seduto alla sua scrivania e Oliver, sdraiato su una coperta, ha il solito sguardo pieno di afflizione. Ma anche l'espressione dell'Estate Manager, quanto ad afflizione, non scherza.

Mette via delle carte e intreccia le mani.

«Ebbene?»

«Scusami, Alessandro, purtroppo devo chiederti un pomeriggio libero.»

«Ti avevo avvertita che te lo avrei potuto concedere solo per questioni...»

«...di vita o di morte», finisco la frase per lui. «Lo so. E infatti non te lo chiederei se non fosse indispensabile. Ma Umberto Taratufolo è ancora vivo e sta a Oxford. Cioè, capisci? È una fonte di prima mano, e concorderai che non mi conviene perdere tempo perché a novantacinque anni non si sa mai...»

«Dunque tu vuoi andare a Oxford.»

«Ecco, sì. È in una casa di riposo, le visite sono autorizzate dalle sei alle sette. Finendo alle cinque mi sarebbe impossibile arrivare per tempo. Forse mi conviene noleggiare un'auto, tu che ne pensi?»

«Che per noleggiare un'auto dovrai arrivare a Taunton, che forse è un problema ulteriore anche se superabile.»

«Be', allora in treno. Che dici?»

«Che in treno impiegherai non meno di tre ore perché ci sono almeno tre cambi, uno a Castle Cary e certamente uno a Reading. Bene che vada.»

«Autobus?» insisto.

«Credo che dovresti arrivare a Bath.»

«Sei meglio di un banco informazioni!»
«Per il quale sono stato evidentemente scambiato.»
«Be', sei efficiente!»
«Comunque non ti ho ancora dato il pomeriggio libero, Angelica.»
«Ma se mi neghi la possibilità dovrò aspettare settembre, quando ci saranno le riprese della nuova serie dell'*Orfana*. E che ne sappiamo se Taratufolo resiste un altro mese? A quell'età non è così scontato. E tu non puoi essere così spietato.»
«A parte il fatto che c'è anche la festa dell'estate (e quale miglior occasione per fare un giro a Oxford?) vorrei sottolineare che il mio lavoro – che forse ti sembrerà un hobby ma non lo è – consiste nel cercare di far andare avanti questo carrozzone. Il che passa anche attraverso il rispetto delle regole, che tu conoscevi quando hai ottenuto il tuo posto.»
«Peccato che il giorno della festa dell'estate il nipote di Umberto non sia disposto ad accompagnarmi» – ed è vero, prima di chiedere il pomeriggio libero l'ho proposto a James ma lui si è prontamente tirato indietro.
«Capisco.»
L'Estate Manager si alza e Oliver lo imita d'istinto.
«Mrs Brightside odierà doverti sostituire e odierà me per averlo permesso.» Sì, è verosimile: quella donna sembra una rosa dimenticata in un vaso e lasciata a rinsecchirsi. «Dirà che ho un occhio di riguardo per te perché sei italiana – cosa che già ha detto un paio di volte e che peraltro è vera. Ma non perché sei italiana.»
Con un tocco che mi sconvolge, sfiora quel solco del viso sotto il mento che prosegue con il collo.
«E allora perché?» domando con un filo di voce.
«Non tutto ha una spiegazione.»
«Soprattutto le cose che proviamo... e che non riusciamo a controllare.»
Spiegazioni... qualcuna la vorrei anche io. (*Dov'è Allegra? Siete ancora sposati? Cosa ti è successo alla gamba? Se ci lasciamo andare, cosa diventeremo?*) Ma non le chiederò adesso e non oppongo nessuna resistenza alle sue mani che si infilano do-

ve fino a ieri sarebbe sembrato impensabile e sconvolgente. Il suo corpo è vicino eppure non mi basta, forte quanto nemmeno credevo che potesse essere, e non solo non mi fermo, ma incalzo, gli sfilo via la camicia e la cintura e non penso più a niente.

21.

La natura dei nostri rapporti è cambiata in maniera troppo veloce per recepire la transizione senza un filo d'imbarazzo, almeno da parte mia. Lui invece ha una naturalezza così seducente mentre si riveste che io ricomincerei da capo.

Vedendomi silenziosa si avvicina e mi prende il viso tra le mani: «Stai bene?».

«Sì.»

«A che pensi?»

«A niente in particolare. Mi lascio vivere.»

«Ascolta, adesso devo andare.»

La fuga postcoitale è un grande classico, ma a suo merito devo dire che non scorgo malafede. Anche io ho finito di rivestirmi e raccolgo i capelli in una coda distratta.

«Ci sentiamo più tardi? O domani?» mi dice, con gentilezza.

«Be', non so. Dimmi tu. Come la viviamo questa cosa?»

«Io direi... così come viene.»

«Allora speriamo che venga bene. E... per quanto riguarda il mio pomeriggio libero?»

Lui si avvicina per un bacio. «Be'... in questo esatto momento non ti negherei nulla.»

«Mrs Brightside sarebbe scandalizzata.»

«E non avrebbe visto ancora niente», dice con malizia, facendomi un cenno d'intesa.

Torno al cottage mentre anche il cielo si tinge di rosa al di sopra di un fine banco di nebbiolina tra il prato e gli alberi. La vita mi sembra meravigliosa e di conseguenza faccio cornetti – per Alessandro e per il signor Taratufolo, dato che andrò a Oxford domani.

Quando sono pronti è già l'una passata. Crollo sfinita sul letto ancora vestita e con la bocca sporca di marmellata all'albicocca.

Anche se, come tutti sanno, innamoramento e insonnia sono parenti stretti, alle otto e trenta sono comunque già docciata, profumata e pimpante, i cornetti in un cestino, pronta a tornare nel suo ufficio per un dolce buongiorno.

Con un po' di delusione lo trovo alle prese con uno dei fattori che segnala dei problemi di cui francamente poco mi interessa. Mi chiede di aspettare fuori e poco dopo esce.

«Ti ho portato i cornetti.»

«Molto gentile.»

«Ho pensato a te tutto il tempo in cui non ho dormito. E forse anche mentre dormivo», gli confesso. Che sciocchina.

Lui sorride, più intenerito che appassionato. Poi dà uno sguardo fugace alla porta del suo ufficio e io capisco che devo andare al sodo. «Ho prenotato l'auto, la ritiro a Taunton. Parto da qui subito dopo pranzo.»

«Ho pensato che… dovrei accompagnarti ma ci sono varie ragioni per cui non posso. Adesso però non possiamo parlare.»

«Domani?» gli propongo.

«O stasera, quando rientri. Vieni nell'ala ovest.»

«Sì», ribatto con una prontezza di riflessi sorprendente.

«Guida piano, qui sono severi.»

«Sì, *daddy*.»

Il fattore rimasto nel suo ufficio tossisce rumorosamente.

«Devo andare.»

«Certo.»

«A dopo.»

E continuando a galleggiare su nuvole immaginarie vivo lo scorrere delle ore di questa giornata di agosto che lo so, lo sento con certezza, sarà una di quelle che non si dimenticano.

Il viaggio non è soltanto un tragitto. È qualcosa di più: è

un'iniezione di libertà e di sicurezza – sono lontana da casa e da tutto quello che per me è certo eppure me la cavo, sì, proprio io, quella che è sempre stata considerata da guidare perché da sola non riesce a mettere in piedi niente che duri.

Arrivo un bel po' prima delle sei. Ho tempo per un giro sotto il ponte dei Sospiri e una merenda al Grand Café, un perfetto itinerario da gita in giornata, insomma, fino alle cinque e quarantacinque – ora in cui mi apposto di fronte alla casa di riposo St Anne e aspetto James Taratufolo. Anche lui è puntuale, un ragazzone dalle spalle larghe e i piedi enormi che parla italiano con difficoltà e quindi lo invito a parlare in inglese, che va bene ugualmente.

«Ieri ho accennato al nonno che saresti venuta», mi dice mentre varchiamo il portone d'ingresso. «Non sta nella pelle. È un po' debole, vedrai, però ha una memoria infallibile.»

Saliamo un piano a piedi fino a raggiungere una camera con tre letti e due tavolini. Su una sedia a rotelle c'è un vecchietto piccolo piccolo, magrolino, un po' giallognolo, con pochi capelli grigi in un'ordinata piega di lato, una maglietta di cotone sotto la camicia e dei pantaloni troppo larghi che svelano i contorni di due gambe ossute.

«Nonno, lei è Angelica!» proclama James ad alta voce e tutti si girano a guardarci.

Il signor Taratufolo avvicina la mano tremante all'orecchio.

«Perché urli? Non sono sordo!» gli dice lentamente in un inglese dal forte accento italiano.

«Un poco», insiste James.

Ma il nonno è molto permaloso. Non degna più il nipote di un'occhiata e mi porge la mano liscia dalle unghie ovali.

«Taratufolo», si presenta con voce lenta e scandita. «Molto piacere.»

«Piacere mio. Io sono Angelica, nipote di Angelo Focante. Vengo dall'Italia.»

«Ahh... Italia mia bella», risponde lui, illuminandosi in volto, forse anche contento di poter parlare dopo tanto tempo nella sua lingua.

«Le ho portato dei cornetti», gli dico porgendogli il cestino. «Li ho fatti io. Sono con la marmellata.»
«James, li posso mangiare?»
«Nonno, vedi tu.»
«Signorina, io ho il diabete, ma per la sua gentilezza li mangio ugualmente.»
«Anche dopo, nonno», lo esorta James.
«Sì, vero, meglio dopo. Allora è vero che lei è venuta per parlare di Angelo?»
«Proprio così. Vede, tutti noi in Italia credevamo che lui fosse morto.»
«Non tutti. Sua moglie la verità la sapeva.»
Non so se sono più sorpresa dalla fortuna di trovare il nonno Taratufolo così pronto o dall'ennesima conferma che la mia bisnonna avesse sempre saputo che Angelo era in Inghilterra a fare la sua vita.
«Quale verità? È proprio quello che vorrei capire.»
«Ma io non so se posso parlare.»
«Signor Taratufolo, vede, lei è l'unico che può spiegarci cosa è successo. Non ci lasci senza risposte, senza sapere per quale motivo Angelo ha abbandonato la moglie e le figlie. Per chi è rimasto, è importante.»
«Però se Angelo e sua moglie hanno scelto di dire così, chi sono io per mancargli di rispetto raccontando i fatti suoi? Non si fa.»
«Ma è meglio pensare che fosse un vigliacco che è scappato in Inghilterra spacciandosi per morto?»
Il nonno ci riflette su.
« E va bene», risponde anche se non sembra ancora convinto.
«Si prenda una sedia», mi dice, indicandone una di formica poggiata alla parete dipinta di verde. Obbedisco e mi posiziono di fronte a lui, che mi parla a voce bassa, in maniera un po' rallentata e guardandomi dritta negli occhi.
«Premetto che io ho conosciuto Angelo quando eravamo al Camp 79. Io avevo un po' di anni meno di lui ma ci trovavamo d'accordo, avevamo caratteri simili. Non volevamo attaccare briga e non avevamo idee politiche, a noi non inte-

ressavano i fascisti né gli Alleati, volevamo solo tornare ai nostri campi in Sicilia. Invece c'era gente diversa che non voleva collaborare perché credeva in Mussolini e nei tedeschi. Con questi finiva spesso male perché prendevano a parole e a volte non solo a parole chi invece collaborava. Quindi insomma, con Angelo e qualche altro facevamo, come dire, un gruppetto per guardarci le spalle. Poi per fortuna ci portarono alla tenuta di Lord Hasbury e lui era un vero cristiano, uno che trattava le persone con dignità.

«Quando ci fu l'armistizio io iniziai a pensare che tutto sommato preferivo rimanere in Inghilterra, un paese dove si lavorava bene, avevo anche imparato a parlare un poco di inglese... anziché tornare in un paese sconfitto e mezzo distrutto. Ma quando ne parlavamo Angelo diceva che voleva ritornare da sua moglie e dalle figlie e io lo capivo. Poi una sera andiamo in un pub a bere una cosa.»

«A Yetminster?» gli domando.

«No, a Yeovil. Insomma siamo in questo pub e a un certo punto lo avvicina un tizio, un inglese molto distinto e li vedo che parlano tra di loro. Quando torniamo a Chaverton mi dice che quel tizio gli ha promesso di farlo rimpatriare subito, senza dover aspettare, per andare a Palermo e portare un pacchetto ad amici suoi. Era il marzo del 1945, la guerra non era ancora finita, a me la cosa sembrò strana. Io gli dico stai attento, perché la cosa mi pare un poco pericolosa. Allora Angelo mi spiega che questo tizio è in contatto con il movimento indipendentista siciliano. Lei lo sa, signorina, che la Sicilia durante la guerra voleva diventare uno stato indipendente?»

Scuoto la testa silenziosamente. «Perché noi siciliani siamo sempre stati sfruttati e trattati come una colonia. Poi durante il fascismo non ne parliamo. Quindi in quel momento in cui in Sicilia non c'era lo stato ma c'era il governo provvisorio degli Alleati, ci fu chi provò ad avere il loro appoggio per diventare autonomi. Ma purtroppo gli Alleati facevano il doppio gioco, perché all'inizio i separatisti gli facevano comodo ma poi più comodo ancora gli faceva che la Sicilia si riunisse all'Italia e quindi in poche parole ci scaricarono.

«Ora, siccome tutte le lettere e i telegrammi erano controllati da una cosa tipo servizi segreti, quelle del movimento erano spiate e censurate e per comunicare con gli inglesi i capi del movimento si dovettero industriare. Quindi trovavano gente scimunita che non faceva domande. Che poi era anche inutile, perché era una lotta senza speranza. Gli inglesi ci avrebbero lasciati *fetere* – lo sa lei cosa vuol dire fetere?»

Ancora una volta scuoto il capo, sentendomi confusa dal flusso di informazioni che sto ricevendo. Gli chiedo un attimo per prendere gli appunti: marzo 1945, movimento indipendentista siciliano. Penso, tra l'altro, che forse è questo il motivo per cui il rimpatrio non compare nel foglio matricolare di Angelo. Perché fu, per usare un eufemismo, informale.

«Significa che se ne stracatafottevano di noi. Ma mi scusi, ho parlato senza gentilezza.

«Insomma Angelo ci salutò tutti dicendo che se ne tornava a casa. Qualche tempo dopo, che posso dirle, settimane, forse mesi, non mi posso ricordare... mi è arrivato un suo biglietto per posta. La guerra intanto era finita. Io ero libero ed ero rimasto a Chaverton per scelta. Angelo mi scrisse che aveva bisogno d'aiuto. Andai a prenderlo di persona a Londra... e non le dico come era ridotto. L'ho portato a Chaverton e lui ha parlato con Lord Hasbury. Quello che si sono detti lo sanno soltanto loro due. Fatto sta che Angelo ha cominciato a lavorare nella tenuta, come uomo libero. Quando gli ho chiesto cos'era successo lui mi disse che non poteva più tornare in Italia e che era meglio se lo sapevano morto. Allora gli ho chiesto ma perché? E lui mi ha detto che meno cose sapevo anche io, e meglio era. Io non ho insistito e non sono più tornato sull'argomento, perché l'amicizia è pure rispetto del silenzio. Non pensa così anche lei?»

«Sì», gli rispondo, non potendo farne a meno, ma in realtà avrei tanto voluto che avesse insistito eccome. «Ma secondo lei è rimasto coinvolto in una vicenda politica?»

«Secondo me sì, ma cosa ha portato a Palermo in quel pacchettino non lo sapeva secondo me nemmeno lui.»

«E in tutti gli anni successivi non ha mai parlato della sua famiglia in Sicilia?»

«I primi tempi parlava di Maria, ma poi... anni dopo strinse amicizia, diciamo così, con una ragazza di Yetminster che si chiamava Prosperine. Forse a lei ha detto qualcosa.»

Sgrano gli occhi. «Prosperine? Sa il cognome?»

«Mi sembra... Jones. Lavorava anche lei a Chaverton.» Non potevo aspettarmi, d'altra parte, che il bisnonno fosse vissuto come un monaco fino alla morte. Però mi dispiace da morire per la mia bisnonna: spero per lei che non l'abbia mai saputo. «Senta signorina, è stata a Chaverton?»

«Non soltanto: adesso ci lavoro anche io!»

Taratufolo si illumina di nostalgica comprensione. «Che bel posto! Ci ho lasciato il cuore. E come sta ora il figlio di Lord Hasbury?» Si riferisce all'arzillo e amabile Lord Matthew che ho incontrato a Chaverton.

«È proprio in forma.»

«Glieli può portare i miei saluti?»

«Con grande piacere.»

«Il vecchio Lord era un sant'uomo. Gli devo molto. E anche suo nonno, signorina. James, ricordati che a casa tua c'è la cassa delle mie cose. Ci potrebbe essere qualcosa di Angelo che torna utile alla signorina.»

«Sarebbe davvero magnifico», esclamo, entusiasta al solo pensiero.

«Certo nonno, controllo stasera stessa. Ci vediamo domani», gli dice.

Ringrazio entrambi con trasporto, mentre il nonno Taratufolo mi stringe le mani. «Dio la benedica.»

«Speriamo!» rispondo io.

James è contento che alla fine l'incontro sia stato utile. Ci salutiamo con l'affetto di chi ha radici comuni e per tutto il viaggio di ritorno non faccio che pensare a cosa può essere successo a Palermo di così grave da indurre il mio bisnonno a nascondersi per tutta la vita. Ho molto da raccontare ad Alessandro, e temo che dovrò chiedergli di spulciare nuovamente nei registri di Chaverton per cercare notizie su Prosperine Jones.

Ma intanto gli scrivo per avvisarlo che sto per partire da Oxford.

Lui non risponde se non più di un'ora dopo, quando sono vicina a Swindon.

Non venire da me stasera. Ti spiego domani.

Gli chiedo quindi: *Oliver sta bene?*

Sì, tranquilla. A domani.

E sì, la delusione è notevole, ma la notte non dura che qualche ora di cui non abbiamo neppure la percezione. Chiudiamo gli occhi e quando li riapriamo il tempo è trascorso e la vita ci aspetta.

Non sapere se sarà benigna o pronta a rifilarci una mazzata è il bello della scommessa che ogni giorno facciamo con lei.

Cosa avrà in serbo per me, domani?

22.

Il cielo regala a Chaverton una splendida mattina e con la solita tovaglia mi siedo a gambe incrociate a far colazione sul prato a est del cottage. Sorseggio lentamente il succo d'arancia finché Alessandro proietta di fronte a me un'ombra lunga e sottile.

«Vuoi favorire?» gli chiedo, allargando le braccia sulla tovaglia di tartan. Ma sono indelicata, perché per lui sedersi sull'erba potrebbe essere disagevole.

«Sto bene in piedi», risponde garbatamente.

Mi alzo arrossendo e prendo i resti della mia colazione. «Scusami.»

«Non scusarti. Ti aiuto a portare dentro la roba?»

Annuendo faccio strada fino all'interno e chiudo con cura la porta. Non è che io non abbia pensato alle ragioni per cui mi ha impedito di andare nell'ala ovest ieri. Tutte le mie ipotesi si riconducono a una sola realtà possibile: sua moglie – o quel che è – è tornata. È casa sua in fondo e anzi, stando a quel che dice Mrs Brightside, mancava da fin troppo tempo. E anche se non mi distinguo per acume, non sono così naïve da non supporlo.

«C'è tua moglie, non è vero?» gli chiedo a bruciapelo.

Lui corruga la fronte. «No.»

«No?»

«E comunque la storia è molto più complicata di così.»

«Ma… lei esiste. Voi siete ancora sposati.»

«Certo, esiste. E sì, tecnicamente siamo ancora sposati, ma non stiamo più insieme.»

Quante ragazze, quante donne prima di me si sono fatte fregare da un'affermazione di questo tipo?

«Detta così però... sembra un po' la solita storia.»

Quell'aria tutta sua di nobiltà offesa ha un sussulto. «Per chi mi prendi?»

«Ma Lord Hasbury ha detto...»

«L'hai visto suo nonno. Ti sembra tipo a cui spiegare che stiamo divorziando?»

«Posso chiederti perché vi siete lasciati?»

«A posteriori la domanda migliore sarebbe: perché vi siete sposati?»

«Non la vivi tanto bene, mi pare.»

«Sai quella fiammata che provi all'inizio, quando vuoi stare sempre con una persona? E pensi che non ti stancherai mai? Invece ci siamo stancati.»

«È tutto?»

«Banalmente, sì. E quando quella benzina che c'era all'inizio si è consumata ci siamo resi conto che non c'era altro. E che lei preferiva tornare a farsi la sua vita, ma d'altra parte però io non sapevo più qual era la mia.»

«E nonostante tutto questo, tu resti lo stesso in casa sua?»

Si risente. «Questo è il mio lavoro.»

«Ma sono troppo connesse, lei e la sua casa.»

«A me non importa che questa sia casa sua. Non per forza se una cosa va storta si porta dietro con sé anche il resto.»

«Ma a te piace *veramente* questo lavoro?»

Lui ci pensa, segno che la risposta non è così istintiva e scontata come forse dovrebbe essere. «Non lo so, Angelica. Non lo so. A volte è... limitato. Però non sono venuto qui per parlare di questo.»

«Allora perché?»

«Ieri è arrivata Inna Otčevenko.»

«E chi cavolo è Inna Otčevenko?»

«Inna è la migliore amica di Allegra. Organizza eventi e nella fattispecie è lei che organizza *Händel in the Garden*, ovvero il concerto che faranno qui il giorno della festa dell'estate. Quando Inna viene a Chaverton ha una stanza nell'ala ovest.»

«Ma se tu e Allegra non siete più davvero sposati...»
«Non essere tendenziosa. Non siamo più *davvero* sposati.»
«A maggior ragione, allora.»
«Dammi retta, è meglio non farle capire che c'è qualcosa di più», afferma, molto risoluto, scoraggiando obiezioni.
«D'accordo. Ma quando se ne va?»
A lui sfugge un sorriso divertito. «Questa bambina impaziente sa andare subito al sodo.»
«Questa bambina non è una bambina.»
Lui ha un istante di sorpresa. «Sicuramente lo è meno di quel che sembra.»
«Ho ventisette anni, non diciassette. Non c'è una differenza d'età così grande tra noi», gli dico, un po' seria.
«Tredici anni. Quando tu sei nata io iniziavo la quarta ginnasio. Suppongo che ci sia di peggio, ma non è così poca.»
«Ha importanza?» gli domando, con tono di sfida.
Lui sostiene il mio sguardo. «No», dice infine. «Perché mi piaci più di quanto non sappia dirti», e santa pace, non posso rimanere indifferente.
Finisce dunque che non parliamo d'altro – con la serenità di sapere che è totalmente libero, tutto per me. Le chiacchiere a un certo punto servono a poco e non è per forza ciò di cui si ha voglia. Anzi. Altri interrogativi vengono rinviati, inclusa la ricerca di Prosperine Jones che appare persino di secondaria importanza quando io so per prima che per me non lo è affatto. E anche certe riflessioni le nego a me stessa. *Perché vuole sottrarsi allo sguardo di Inna?* È il quesito che a dire il vero insiste più tenacemente, ma mi do la risposta che immagino sia quella giusta, e cioè che in definitiva è semplicemente più appropriato.
E bisogna ammetterlo, la mattina inizia proprio nel modo in cui dovrebbero partire tutte le sante mattine. Sono sicura che se così fosse la gente sarebbe per esempio meno aggressiva al volante, più cordiale quando è in coda, più sorridente in ogni circostanza. Oggi mi appaga persino ripetere per l'ennesima volta che nel salone ottagonale è stata girata la scena in cui Alexander sfida a duello Lord Bellamy nell'*Orfana di Mallands Park*, gesto coraggioso come

da par suo, ma che gli costa la vita. Persino io non mi rassegno alla cosa, ed è tutto dire.

Incontrare questa fantomatica Inna Otčevenko non produce, in definitiva, nessuno scossone.

Inna ha quel tipo di bellezza sovietica che sembra si ottenga senza alcuno sforzo: alta (ovviamente!), una lunga chioma vellutata, occhi grandi, espressivi, rimarcati da sopracciglia ben rifinite, labbra atteggiate in un sorriso da padrona di casa. Una che non mangia cornetti, per intenderci, e che mette la giacca del tailleur sul jeans skinny anche il diciassette di agosto.

È Mrs Brightside a presentarci quando passo dalle cucine per ritirare il mio sandwich. L'inglese di Inna è privo di cadenze e i suoi modi sono pieni di savoir faire. Si schermisce di falsa modestia mentre Mrs Brightside afferma: «*Händel in the Garden* è diventato l'appuntamento più grandioso e atteso qui a Chaverton House. Richiama gente da tutto il paese». La governante è deferente con Inna quanto lo è con Lord Hasbury quando fa la sua nobile comparsa.

«Sì, siamo arrivati alla quarta edizione... ed è già tutto sold out», aggiunge Inna piuttosto orgogliosamente. «Ma il merito non è mio. La location fa tutto. E chiaramente il quartetto d'archi è il migliore della Gran Bretagna.»

«Oh, non sminuisca il suo lavoro, Miss Otčevenko. Molti ci avevano provato prima, ma niente è paragonabile a *Händel in the Garden.*»

«Mrs Brightside, lei è un angelo. Ha proprio ragione Allegra.»

«Mrs Allegra!» esclama la governante, sciogliendosi. «È un po' che non la vediamo. Verrà per il concerto, vero?»

«Sicuramente», replica Inna, con il sorriso gioviale e amichevole che si riserva alla plebe. «E tu ci sarai per la festa dell'estate, vero?» dice rivolgendosi a me in maniera del tutto inattesa.

Avevo preso un impegno con Vanessa e Virginia però, forse, alla luce delle recenti evoluzioni, credo che mi tirerò indietro. Rimanere a guardare l'arrivo di Allegra dopotutto potrebbe essere più interessante. Tanto più che Alessandro non ne ha fatto cenno. «Penso di sì.»

«Bene. Adesso se non vi spiace devo andare a parlare con il capo giardiniere.»

«Mr Wilkinson la sta aspettando», le dice la Brightside.

«Ottimo! A presto», dice, salutando con un cenno della mano affusolata.

La incrocio per la seconda volta un paio d'ore dopo, in biblioteca, dove lei entra quando sto raccontando al gruppo che è presente una preziosissima prima edizione di *Ragione e sentimento.*

«Possiamo vederla?» mi viene chiesto da una signora di mezza età.

«Sono molto spiacente, ma non si può. Durante il mio primo giorno qui ho fatto quest'errore e ho rimediato una bella sgridata.» Esagero volutamente: non fu poi una ramanzina così aspra. Il vedere Inna sullo sfondo mi suscita però un istintivo imbarazzo: non so perché ma mi sento intimidita dalla sua sicurezza da donna arrivata. Così lascio liberi i turisti di fare un giro per contemplare i volumi sugli scaffali un po' prima del solito, tuttavia non posso perderli di vista e per me è il momento più stressante – e proprio allora mi si avvicina Inna.

«Una bella sgridata, eh? Interessante.»

«Be', ecco, non sapevo che fosse così preziosa.»

«Immagino sia stato il nostro Alex a castigarti.»

«Ehm, infatti.»

«Sicuramente è molto severo. Ti ha detto che qui nella libreria c'è anche una rarissima prima edizione di *Cime tempestose* che vale ancora di più?» si informa affabile.

«No, non lo sapevo», ammetto riproponendomi di cercarla quando sarò da sola.

Inna allarga le braccia guardandosi intorno. «In un posto così i tesori sono incalcolabili e sono ovunque. Ma naturalmente non tutti sono in grado di riconoscerli.» Che stia includendo anche me tra i «non tutti»? No, questa è paranoia. «Ascolta, dato che ci sarai per la festa dell'estate ho pensato di chiederti se sei disponibile per fare la hostess al ricevimento di *Händel in the Garden.* Un lavoretto semplice. È sufficiente: conoscere la strada dall'ingresso fino al giardino in cui verrà allestito; essere cordiali.» Ha enumerato i requisiti mimando l'uno e il due con le dita. «Sto arruolando il personale e be', mi sono detta, chissà se le interessa un piccolo extra per arrotondare», conclude facendomi l'occhiolino, come se fosse stato un pensiero molto generoso e gentile da parte sua. Del resto mi sta offrendo la carineria di un imprevisto *argent de poche.*

Ben lontana dal sentirmi umiliata dall'essere presa per l'indigente della situazione pronta a declinarsi in qualunque attività per «arrotondare», accetto perché in definitiva non avevo troppa voglia di andare in giro con Virginia, Vanessa e il Frank, anche se Londra non meno di Parigi è sempre una buona idea. Ma non mancherà occasione, mi dico.

23.

«Prosperine Jones, hai detto?»

«Così ha detto il signor Taratufolo.»

Davanti a me, nel solito archivio di Chaverton, Alessandro sta consultando i registri del personale degli anni Cinquanta e Sessanta.

«Eccola», dice puntando il dito su una casella.

> Jones, P.
> Born in Yeovil 11.10.1933
> Maid

Maid, cioè domestica. Era (o è?) del 1933.

«Ascolta, c'è il suo indirizzo?»

«Sì, ma ha lavorato qui solo due anni, dal 1958 al 1960. Non so quanto possa servire il suo indirizzo di allora.»

Ha ragione. E peraltro, volendo tentare una ricerca sui social, la discendenza matrilineare è complicata da individuare. Mentre con il cognome maschile è semplice risalire a eventuali figli e nipoti, lo stesso non può dirsi con quello femminile. E infatti, mi accorgo già con un colpo d'occhio su Google che Prosperine Jones non dà luogo a nessun risultato utile alle mie ricerche.

«Be', senti. Tentar non nuoce, tu dammelo ugualmente.»

«Come preferisci: 15, Thornford Road.»

«Ti va di accompagnarmi?»

«A far che?»

«A citofonare a chi abita al 15 di Thornford Road. Se va bene ci sta ancora Prosperine Jones. Se va benino ci sta qualche suo discendente. Se va male chi ci abita non ha niente a che fare con lei. In ogni caso non ci avremo perso niente e saremo usciti da Chaverton, che male non ti fa.»

L'idea non lo convince e poco dopo capisco il perché. «Immagino che prima o poi avremmo dovuto parlarne. Io non ho la patente.» Anche se mi era arrivata voce da Vanessa, io in realtà non davo per scontato che dovessimo andarci a bordo di un'eventuale auto guidata da lui. A ogni modo ometto di dirgli che la notizia che mi ha appena dato non è nuova per me. Sarebbe increscioso se sapesse di essere oggetto di pettegolezzi. «Me l'hanno ritirata quando ho avuto un incidente. Ma la riavrò, ho l'esame a breve.»

Penso che sia il momento di infilarmi tra i punti scuciti, cosa che con lui non è mai particolarmente agevole. Non mi sembra un tipo pieno di segreti, piuttosto poco propenso a parlare di sé. Il che, in un mondo di egocentrici, non è nemmeno spiacevole – Davide parlava solo di sé, tanto per dire, e a un certo punto era tedioso. Però in questo caso non vorrei che fosse un chiacchierone, desidero semplicemente conoscerlo meglio. «Perché avevi bevuto?» azzardo, con il timore di essere indiscreta, però insomma, al livello di confidenza cui siamo arrivati vorrei che sentisse di potermi dire qualunque cosa, anche una come questa.

Lui sgrana gli occhi: «Quello non me lo sarei mai perdonato». E poi prosegue, abbassando lo sguardo: «Non che correre sia tanto meglio».

«C'era un motivo per cui andavi troppo veloce?»

«Stupidità.»

«Ma tu non sei uno stupido.»

«No. Ma è successo, e non si torna indietro. Si dice che un trauma cancella la memoria di quell'attimo, ma io mi ricordo tutto, la sagoma che ho visto – anche se non so cos'era, un cane, una pecora, boh? – la canzone che c'era alla radio. Ho sterzato d'istinto e boom.»

«Mi spiace», dico accarezzandogli la mano. Lui sembra non avere un gran rapporto con l'empatia, forse la scambia per pietà e gli dà fastidio. Lo capisco, anche a me irriterebbe sentirmi compatita.

«Qual era la canzone alla radio?»

«*Martha* di Tom Waits.»

«Non la conosco.»

«Diciamo che sarebbe anche molto bella ma non la ascolto più volentieri.»

«Sai che lo zoppo in letteratura è l'antieroe necessario?» gli chiedo spolverando una teoria che ho studiato ai tempi dell'esame su *Riccardo III*. «Perché lo zoppo vacilla, e metaforicamente rappresenta il dubbio, la posizione critica, quella che permette di evolversi perché invece chi è fermo nelle proprie certezze non dubita e non avanza mai. Ma lo zoppo è anche un ribelle e nel bene e nel male si ha bisogno dei ribelli, perché proteggono il limite.»

Lui, che ha seguito il discorso con attenzione, corruga la fronte.

«Questa visione, chiaramente, è stata concepita da chi zoppo non era.»

«Comunque sia, fa parte del tuo fascino.»

«Grazie, ma facevo volentieri a meno. Dovresti tornare a insegnare. Sei portata. A me fa piacere che tu stia qui, penso che sia evidente, ma la verità, e la sappiamo entrambi, è che sei sprecata.»

Resto silenziosa per un po' prima di rispondere: «Mah, sì, magari un domani».

«Dico sul serio.»

«Guarda che questo tempo sospeso mi serve più di quanto pensi», replico, seria quanto lui.

«Ma non puoi rimanere incatenata qui, come tuo nonno.»

«E come te?» lo interrogo. Credo che non abbiamo mai intrapreso una discussione così diretta.

Lui mi fissa spiazzato. «Cosa c'entro io?»

«Penso che anche tu sia sprecato.»

«Forse il tempo sospeso serve anche a me», risponde guardando dritto davanti a sé.

«Purché non sia buttato...»

«No che non lo è», dice con un sorriso.

E io non rispondo: nel proprio stesso interesse l'amore, a volte, paralizza.

Aspetto di finire il turno di visite per raggiungere con l'autobus il numero 15 di Thornford Road.

Si tratta di una bella casetta in pietra con il tetto in paglia del genere vecchia Inghilterra, in ottimo stato di conservazione. Credo che sia un B&B e forse sarei stata meglio qui anziché in quello vicino al municipio dove ho alloggiato all'inizio, perché ha l'aria proprio deliziosa. La targa in ottone accanto al portoncino dipinto di rosso ha su inciso POLLY COTTAGE.

Uso il battente ad anello per bussare alla porta ma poi mi accorgo che c'è anche un piccolo campanello e suono pure quello.

Non risponde nessuno, ma dal giardino della casetta a lato emerge una signora sugli ottanta con una mirabolante messa in piega e una camicetta rosa confetto. Si capisce subito che ha voglia di impicciarsi e io non ho proprio bisogno di un'impicciona.

«Cerca qualcuno?»

«In verità sì... sto facendo una ricerca sui prigionieri di guerra italiani a Yetminster e sono sulle tracce di una persona...»

«Al Polly Cottage?» domanda l'altra, un po' scettica.

«Si chiamava o forse si chiama Prosperine Jones e viveva proprio qui.»

«Ma Prosperine non vive più qui da quarant'anni, si è sposata e vive a Exeter.» C'era da aspettarselo. E comunque che sia viva è una notiziona. «Ma che c'entra Prosperine con i prigionieri di guerra?»

«È solo un collegamento indiretto... E sta bene, Prosperine?»

«Qualche acciacco ma bene, nel complesso. Che vuole, l'età è quella che è. Non siamo più delle ragazzine!»

«Ascolti, siete ancora in contatto?»

«Non ci sentiamo spesso...»

«Quindi lei ha il suo numero di telefono? È davvero importante.»

«Venga dentro, la chiamiamo insieme.»

Non riesco a credere che sia tanto semplice. Questa arzilla

vecchietta si chiama Martha e la sua casina sembra quella di Nonna Papera, con il tocco di un cordless di ultima generazione con i tasti giganti e di una TV a schermo ultrapiatto che è stato un regalo dei nipoti per i suoi ottant'anni.

Estrae da un cassetto una vecchia rubrica di pelle logora e va alla J di Jones. Compone il numero ma non risponde nessuno.

«Forse sarà andata dal cardiologo», commenta, riponendo il telefono a caricare. «Provo a richiamarla più tardi. Mi lasci il suo numero, così magari Prosperine la chiama personalmente.»

«Certo. Può dirle che sono la nipote di Angelo di Chaverton House.»

«Lo farò.»

«Grazie, non sa quanto sia importante!»

Più tardi, il sole ormai basso sulla linea dell'orizzonte, faccio una passeggiata fino al giardino dove si svolgerà il concerto di Händel organizzato da Inna per la festa dell'estate, che sarà lunedì prossimo. Ho appreso, non senza sconcerto, che si tratterrà qui fino ad allora e bisogna ammettere che lavora instancabilmente. Un gruppo di operai polacchi sta allestendo il palco e lei sta loro addosso sfiancandoli di imperativi con i soliti jeans skinny che evidenziano un sederino stretto stretto, i tacchi a spillo, il blazer modello da uomo.

«Angelina, vieni qui un momento?»

«Angelica.»

Lei inarca un sopracciglio. Credo che mi chiamerà Angelina fino alla morte, ammesso che mi chiamerà mai una seconda volta.

«Ho ordinato una 14 per la tua divisa. Arriverà domani, è necessario che la provi.»

«Mi permetto di dire che la 14 potrebbe essere larga», balbetto, considerato che la 14 UK è la 46 italiana.

«Oh tesoro, non preoccuparti. Vestono *estremamente* strette, è per questo che preferisco abbondare. Ci vediamo domani durante la tua pausa pranzo. Okay?»

«Sì Miss Otčevenko.» Non so bene perché con Inna mi

trasformo in una specie di impiegato alla Fantozzi davanti al megadirettore galattico.

«È vero che siamo in un ambiente un po' formale, ma io sono cresciuta in un paese socialista. Puoi chiamarmi Inna.»

«Grazie Inna.»

«E poi...» dice, trattenendomi inaspettatamente, «ho saputo che sei stata tu a suggerire ad Alex la mostra sull'*Orfana di Mallands Park*! Che idea brillante», mi dice e, nella sua voce da contralto, non scovo tracce di cattiveria.

«Oh! Grazie, sono felice che l'approvi, Inna! Scusa», le dico poi, sentendo vibrare il cellulare nella tasca del pantalone.

Mi distanzio per rispondere e riconosco la voce di Martha.

«Miss Angelica? Sono Martha. Mi dispiace tanto, ma ho appena parlato con Prosperine e ha detto che... ecco, preferirebbe non essere disturbata – santo cielo detta così sembra tremendamente sgradevole.»

E lo è, altroché. «Ma... le ha detto il motivo?»

«Dice che non ha niente da dire su Angelo. Tutto qui...»

«Oh.»

«Cara, mi dispiace.»

«Immagino! Ma non è colpa sua.»

«Se ne avesse voglia, torni a trovarmi quando vuole.»

«Certo, Martha, la ringrazio immensamente.»

Mi attraversa il sospetto che il mio bisnonno fosse un vero mascalzone ed è un'idea molto triste.

Inna mi sta fissando. «Tutto bene?» chiede con finta apprensione, forse avvistando la delusione sul mio viso.

«Sì, grazie Inna.»

24.

La cosa peggiore di tutte è che alla fine mi va davvero la 14.

«Te l'avevo detto. È un problema di vestibilità», afferma Inna, tirandomi un po' giù la gonna. Ha persino un tono amichevole. «Non è davvero una 14.»

No, il problema è l'infornata no-stop di cornetti. Eppure i miei vestiti continuano ad andarmi bene.

Comunque, lungi dall'essere mortificante, la divisa è chic come ci si aspetta dal gusto di Inna, un tubino nero con un giacchino modello Chanel.

«Caspita, è elegantissima. Rischio di confondermi con i partecipanti», commento in un eccesso di entusiasmo.

«Non credo proprio», risponde lei. Intende in bene o in male? Ci rinuncio.

«La posso tenere?» le chiedo, continuando a guardarmi allo specchio. Penso di non essere in possesso di capi più eleganti – e piacerebbe da morire a mia madre.

Inna è interdetta. «Ovviamente no.»

«Okay.»

«Angelina, hai delle scarpe con tacco?»

«Ovviamente no», rispondo io con un sorriso serafico.

«Te le procuro io. Misura?»

«5,5-6», rispondo.

«Anche se potresti considerarlo un investimento e comprartele tu. Come fai a vivere senza un paio di scarpe con il tacco nere?»

«Okay, andrò a Yetminster a cercarle.»

«Penso che dovrai andare a Sherborne.»

«Va bene.»
«Che buon carattere che hai. Dici sempre sì. Non ci sono abituata! Siete una specie in via d'estinzione.»
Non so bene cosa rispondere alla sua osservazione. E d'altra parte penso che non le interessi ricevere una risposta. Sfilo via l'abito e rimetto la salopette che le suscita una tacita quanto evidente indignazione.
«Ottimo», dice quindi lei – Inna dice «ottimo» più spesso di quanto forse non si accorga. «Lunedì presentati alle 17. Sai fare uno chignon? Sarebbe l'ideale.»
«Ci sarà un tutorial su YouTube.»
«Presumo di sì.»
«Ottimo.»

La domenica prima della festa dell'estate, una Cinquecento color petrolio arriva alla velocità di trenta chilometri orari di fronte al grande ingresso di Chaverton. La scorgo dalla finestra della stanza da letto in cui alloggiò Laurence Olivier, dove ho appena portato un gruppo di turisti sempre entusiasti di sentirsi in quella che per loro è la stanza della madre di Margaret. È l'ultimo turno, per oggi, e ammetto di esserne sollevata.
Dalla Cinquecento ben tirata a lustro scende una donna con una treccia di capelli color cioccolato, grandi occhiali da sole e un attillato abito glicine, che risponde in tutto e per tutto all'idea che mi sono fatta di Allegra Hasbury.
Inna le va incontro e le due si salutano affabilmente e, poco dopo, mi tocca vedere anche Alessandro, accompagnato da Oliver, raggiungere la moglie o ex moglie o quel che è.
Tra i due pochi convenevoli, l'attenzione di Allegra è tutta rivolta al cagnolone che coccola senza risparmiarsi. La sua amica Inna, dotata di antenne in grado di percepire le onde dello sguardo, alza gli occhi verso la finestra, e pur riparandosi con la mano mi scorge inequivocabilmente. Le faccio un cenno, ma lei non risponde e torna a parlare con Allegra e Alessandro.
I tre si avviano verso l'ingresso, da dove immagino proseguiranno poi verso l'ala ovest che per ovvie ragioni è inavvi-

cinabile più che mai. E invece li incrocio poco dopo, mentre esco insieme al gruppo dalla biblioteca e loro stanno per entrarci. Il mio sguardo, nuovamente, indugia più del dovuto su di loro e non vorrei mai essere molesta o invadente; la mia è solo maldestra curiosità.

Per Inna e Allegra sono invisibile, mentre Alessandro saluta con distacco. Non potrebbe fare diversamente, date le circostanze. Presto la festa dell'estate passerà, Inna e Allegra se ne andranno e tutto tornerà alla nostra nuova normalità, ancora fragile come un germoglio appena affiorato dalla terra.

Sento Allegra nominare un certo Robert Kime, ma poi proprio Alessandro chiude i doppi battenti e le loro voci si fanno sempre più lontane.

Mittente: Giuseppe Greco

Cara prof,
come sta?
Io sono tornato da Cosenza e tutto sommato sono contento.
Ho una cosa bella da raccontarle: ho una nuova amica. Si chiama Chiara e l'ho conosciuta in Calabria. Anche i suoi si sono trasferiti e vivono a Nerviano. Ci piacciono le stesse cose e sa che io mi sentivo un po' solo. Ho sempre provato un po' di invidia verso chi vive spensieratamente, e adesso che mi sento spensierato anche io devo ammettere che è una bella sensazione.
Questo pomeriggio andrò a Nerviano da Chiara che vuole portarmi in una piccola libreria che a lei piace molto. Stavolta non le chiedo un consiglio però. Voglio lasciarmi ispirare dalla libreria. Ho i soldi che mi ha regalato mia nonna e li spenderò così e magari poi prenderemo un gelato.
Spero di presentargliela presto.
Le mando *a swag of love* (questo l'ho inventato io!)

Giusy

Rispondo a Giusy prima di prepararmi per *Händel in the*

Garden. Gli dico che sono proprio curiosa di sapere cosa sceglierà in libreria ma soprattutto di conoscere Chiara. Sono felice di sapere che abbia trovato un'anima affine, penso che poi non serva molto altro per essere felici. Che sia un'amica o un fidanzato, una sorella o un cane o un gatto – no, magari un gatto come Parmenide no. Ma insomma, qualunque difficoltà si ridimensiona se si ha al proprio fianco qualcuno simile a noi.

Quando mi presento al cospetto di Inna so per certo, se mai avessi dubbi, che lei non è simile a me. Mi squadra senza generosità e i suoi complimenti sono così melliflui che mi sento a disagio. Forse non aiuta che Allegra e Alessandro siano sempre insieme, e vorrei davvero non guardarli con rancore eppure temo proprio di farlo. E se il mio intuito non si sbaglia, anche gli occhi cerulei di Inna non sono immuni a bagliori di invidia.

Ma come non esserlo?

Lui è talmente chic e Allegra è il ritratto del suo stesso nome. C'è anche il mesto Oliver con il papillon – e tra l'altro da quando è tornata lei non sembra più nemmeno mesto.

Solo per un attimo Alessandro si sgancia – immagino abbia trovato una scusa per avvicinarmi.

«Con questi tacchi non ti resisto. Te li metti anche domani?»

«Mentre porto i turisti in pellegrinaggio?»

«È un'idea.»

«Comunque anche tu stai d'incanto. State d'incanto. Siete una bellissima coppia», dico, sostenuta.

«Non siamo più una coppia», mi bisbiglia lui all'orecchio, ma scandendo in modo incisivo ogni parola.

«Non si direbbe.»

«È tutta apparenza.»

«E a te piace vivere così? Sembra di essere in un libro tipo *L'amore in un clima freddo*.»

«Ne riparleremo», conclude, andando incontro a Inna che è in arrivo subdola come uno squalo che avanza verso i natanti. Parlottano tra loro come due tra cui intercorre una discreta confidenza, poi Inna si para davanti a me avvertendomi che è ora di prendere il mio posto per accogliere gli ospiti. Il tragitto è indicato da un percorso di candele che nel mio mondo sarebbero alla citronella mentre in quello di Inna sono La Bellefée e profumano di gelsomino anche se in uno spazio così grande l'odore si disperde.

La gente è tutta in ghingheri e le donne portano leziosi copricapi con piume o fiori in organza. Il mio compito è verificare la loro prenotazione, porgere un libretto stampato su carta Fabriano con il programma della serata e indicare la strada verso il giardino. Sul palco allestito dai polacchi ingiuriati da Inna per tutta la settimana, i membri del quartetto d'archi, tutti in smoking, stanno accordando gli strumenti.

L'atmosfera è così deliziosamente rarefatta che potrei anche godermela se, a dispetto del fatto che generalmente prendo la vita con calma, non sentissi il cuore fatto a pezzi dalla gelosia. L'esecuzione dei brani di Händel è inappuntabile per quello che posso capirne io e la gente sembra molto soddisfatta. Per il resto del tempo il mio ruolo consiste nell'indicare la toilette, che è quella ricavata all'ingresso della casa proprio per questo genere di circostanze. L'accesso alla dimora è precluso da un paio di uomini con vestito nero e auricolare. Insomma l'organizzazione Inna-style non ha pecche e l'evento si svolge senza alcun intoppo, mentre il tramonto avanza dolcemente screziando il cielo di una luce dai riflessi ambrati. Dopo un bis chiesto dal pubblico e accordato dai musicisti, il concerto si conclude in maniera composta e adesso il mio compito è quello di ringraziare genericamente la gente che via via si dirige verso l'uscita e che peraltro nemmeno si cura di me.

A mia volta non vedo più Alessandro, forse se n'è già andato?

Inna mi chiama in disparte per porgermi le cento sterline che mi sono guadagnata.

«Puoi andare, sarai stanca», dice gentilmente.

«Grazie.»

«Buonanotte, Angelina.»

Ed è davvero, una buona notte. Ma poi arriva la mattina, e quella non lo è affatto.

Alessandro viene a cercarmi nel cottage e mi trova ancora in pigiama. Ha l'aria un po' nervosa.

«Che succede?» gli chiedo ancora mezza stordita, le cispe del mascara della sera prima agli occhi e la bocca impastata dalla notte. Non potrei immaginare uno stato peggiore in cui farmi vedere da lui.

«Ti ho chiamata più volte.»

«Stavo dormendo. Che ore sono?»

«Lo vedo. Buon per te.»

«Sei sgarbato.»

«Non sono sgarbato. Ascolta, non si trova più una cosa abbastanza preziosa in biblioteca.»

Mi sveglio tutto d'un colpo, se mi fossi fatta un caffè in vena sarebbe stato meno traumatico. «Oddio. Ti giuro che sono stata sempre attenta ai visitatori, ho cercato di non perderli mai di vista.»

«Lo so. Anche perché domenica pomeriggio c'era ancora. E come sai è impossibile che sia stata rubata da qualcuno che ha partecipato ieri al concerto perché era tutto chiuso e c'era la sicurezza.»

«Rubata?» ripeto, ancora confusa. «Cosa hanno preso?»

«Un libro. O meglio. Una prima edizione, e tu sai, perché te l'ho detto io, che valgono molto, specialmente alcune.»

«*Ragione e sentimento*?»

«No.»

«Qual è sparito?»

«Che importa? Comunque, *Cime tempestose*.»

«Oh.»

«Allegra è andata a prenderla per portarla a un antiquario di Londra. Domenica c'era. Oggi no.»

Insospettita, gli rispondo: «Cosa c'entra questo con me?».

«Inna dice di averti detto proprio qualche giorno fa...»

Lo interrompo sentendo dentro un gran freddo. «Non stai dubitando di me, vero?»

Lui tentenna un minuto di troppo prima di pronunciare un inverosimile: «No».

«Tu stai dubitando di me», affermo infine, addoloratissima.

«No», ripete lui, a voce più alta e meno malferma. «Ma Inna dice di averti vista... prenderlo.»

«Inna dice, Inna dice, ma tu cosa pensi?»

«Io conosco Inna da dieci anni e te da dieci giorni.» E questo davvero è un colpo al cuore.

«Dieci giorni. Certo. E non contano niente.»

Lui mi ignora. «Inna sta mentendo?»

«No. Nel senso che okay, ho preso il libro, due giorni fa... io volevo solo guardarlo... lo sai che mi perdo in queste cose, lo sai che ho questa debolezza, questa maledetta debolezza dei libri, ma l'ho rimesso subito al suo posto e non me lo sarei mai portato via. Mai.» Lui sembra arrabbiato, ma non ha idea di cosa ribolle dentro di me. «Puoi cercare anche qui dentro: vieni», dico, tirandolo per un braccio, ma lui resta impietrito di fronte a me.

«Non ho bisogno di cercare. Io ti credo. È solo che non capisco...»

«Tu hai pensato che io potessi averlo preso», lo interrompo, a bassa voce.

«Non necessariamente per rubarlo. Anzi, non ho mai pensato che tu potessi averlo rubato. Preso per curiosità, ma non rubato.»

«E io non so se è peggio essere presa per una scema o una ladra. Nessuno mi ha mai ferita tanto in tutta la mia vita quanto te in questo momento, Alessandro Almirante.»

«Angy...» dice avvicinandosi però io faccio un passo indietro.

«Sei diverso.»

«Diverso da chi o da cosa? Perché non penso che tu mi conosca a sufficienza da poterlo dire.»

«Se mi rispondi così, il dubbio mi viene. Comunque è un incubo. Io non l'ho preso. Se non mi credi il problema è tuo. Anzi, vostro.»

«Ma allora dov'è?»

Lo guardo sentendo dentro una rabbia che ha pochi precedenti.

«Ti importa più di un libro che di me? Sembrava che ci tenessi davvero… e oggi te ne esci con il dubbio che potrei avervi preso qualcosa di prezioso. Ma si può sapere chi sei veramente? Cosa pensi veramente?»

«Non è proprio il genere di domande che mi pongo tutti i giorni.»

«Allora comincia a farlo! Chiediti, per esempio, se mi hai appena dato un motivo per andarmene.»

«Ma perché? Le cose si mettono male e tu te ne vai? È così che funziona con te?»

«Andare via quando le cose si mettono male è sempre meglio che rimanere inchiodati come un fossile in questo posto a fare una vita che non è la tua.»

Lui resta in un silenzio ostile prima di dire: «Nessuno dei due sta dando il proprio meglio».

«No. Ma al di là del modo, il problema è che tutte queste cose le pensiamo. È solo nata l'occasione per dirsele.»

«Non credo che sia così. Io ci tengo.»

«Bel modo di dimostrarlo.»

«Sei troppo giovane per renderti conto che le storie tra le persone si spezzano continuamente, ma come si spezzano infine si riallacciano. E poi si rispezzano, e poi si riallacciano.» Detesto quando assume un'aria paternalistica in virtù di questi inutili tredici anni che ha più di me.

«L'età non c'entra niente. Forse tu sei abituato così con Allegra. E tutto ti fa, tranne che bene.»

«Tu non ne sai niente.»

«Neanche tu.»

L'aria è talmente pesante che capisce che è meglio andare via, o potremo solo peggiorare le cose. «Vado a cercare meglio quello stramaledetto libro. E se devo trovarmi un'altra guida sei pregata di farmelo sapere per tempo. Siamo in alta stagione.»

Che poi, se proprio avessi dovuto macchiarmi di un atto indegno come il furto, non sarebbe mai stato per *Cime tempe-*

stose. È un capolavoro e tutto quello che si vuole, ma è anche triste. E Heathcliff è un personaggio spaventoso.

No, Alessandro Almirante non sa davvero niente di me.

Nel frattempo altrove, le fate fanno i loro ragionamenti.

«Qualcuna di voi si ricorda cosa avevamo regalato a Inna?»

«La bellezza», dice la prima fata, alzando la mano.

«Io la capacità organizzativa», dice la seconda, compiaciuta. «E tu?»

«Non me lo riesco a ricordare. Ma certamente non abbiamo fatto un buon lavoro.»

«No», dicono le altre due in coro. «Dobbiamo incaricarci di donare più spesso la lealtà.»

«E lo spirito collaborativo.»

«Tra donne soprattutto.»

«Ma lui è anche peggio di quanto credessimo.»

«È peggio di *Riccardo III.*»

«Meglio perderlo che trovarlo.»

«Ah sì, lo dico sempre io.»

«Meglio Davide.»

«Meglio sola.»

25.

Mi trascino fino alla grande casa di Chaverton, eretta e immutabile di fronte a me – chissà quante ne ha viste, altro che le mie bazzecole. Faccio il mio lavoro senza alcuna spigliatezza e quando entro nella biblioteca lo spazio lasciato vuoto dai tre volumi di *Cime tempestose* proietta un cono d'ombra che mi ingloba e mi fa sentire spenta.

«Ieri a Londra è stato bellissimo. C'era confusione, questo sì, ma Londra è davvero uno *state of mind*. Chissà se riusciremo a lasciare presto questo posto dimenticato da Dio e a trovare una soluzione lì», sospira Vanessa, addentando il suo sandwich. «Il problema è che a Virginia piace, anche se non capisco il perché. Tutto bene tu, Angy? Come sei stata sotto i piedi della Otčevenko?»

«Il concerto è stato bello», rispondo spenta, ed è la verità, l'unica confessabile circa la mia festa dell'estate.

«Sei stata male sotto i piedi della Otčevenko», conclude lei. «Certo, stronza è stronza.» Sono sul punto di rivelarle ogni cosa – a volta aprire i rubinetti e liberare il magone è l'unico modo per riprendere lucidità e riuscire a fare le scelte migliori. «Oh, santa Madonna, guarda chi si avvicina su un fiammante golf cart bianco.»

Sollevo la testa dalla mia tazzina di caffè, dico a Vanessa che esco un momento per parlare con l'Estate Manager e mi fiondo fuori dal negozio, avendo cura di chiudere la porta.

«Come stai?» mi chiede lui, con un tono che sembra conciliante. Oliver gli va sempre dietro come un daimon in *His Dark Materials*.

«Bene, grazie. Tu?»

Non risponde alla domanda e me ne gira subito un'altra: «Ti spiace se parliamo, quando finisci il turno oggi?».

«Va bene nel tuo ufficio?» Tanto stavolta non finirà come l'ultima in cui ci ho messo piede, quando ne sono uscita scarmigliata, scombinata e mezza innamorata.

«D'accordo. A dopo.»

«A dopo.»

Quando rientro nel negozio Vanessa ha un'espressione maliziosamente sarcastica, cui volutamente non do seguito. Il caffè nel frattempo si è freddato ed è diventato imbevibile. Vedo Vanessa già pronta a fare battute, ma il mio telefono squilla prima che possa farlo: non conosco il numero ma il prefisso è il +44 dell'Inghilterra.

«Richiestissima», commenta Vanessa, mentre rispondo e all'altro capo del filo sento la voce incerta di una signora anziana.

«Parlo con Angelica?»

«Sì.»

«Sono Prosperine Jones.»

«Speravo tanto di sentirla!»

L'anziana signora resta fredda. «Non posso dire lo stesso, ma grazie.»

«Come sta?»

«Ancora viva e alla mia età non è scontato. Accetto di parlare con lei, ma non al telefono. Le spiacerebbe venire a Exeter?»

«Sì, solo che non so dirle ancora quando mi è possibile. Le spiace se la richiamo?»

«La aspetto», e riattacca senza troppe smancerie.

I turni pomeridiani mi pesano anche più di quelli mattutini: manco di concentrazione e non ne posso più dell'*Orfana di Mallands Park.* Accompagno l'ultimo gruppo di turisti fino allo shop, una ravvivata al trucco e raggiungo a piedi l'ufficio di Alessandro. Busso piano alla porta, lui dice «avanti», io entro.

Lo trovo seduto alla sua scrivania, con una camicia bianca, la penna in mano, intento a fare dei conti con una calcolatrice.

«Siediti», mi dice, poco affabile.

Lo faccio, ma a malincuore. Oliver si avvicina per farsi coccolare spingendo il naso umido sulla mia mano.

«Volevo informarti che il libro è stato ritrovato.»

«Ma non mi dire!» esclamo, con un sarcasmo insopprimibile. Lui mi fulmina e per quanto mi riguarda la faccenda parte malissimo, dovrebbe prostrarsi per la vergogna, altro che mandarmi occhiatacce. «E dov'era finito, nella borsa di Inna?» Okay, lo so. Rimpallare la cattiveria non mi fa onore.

«Lo aveva preso Mrs Brightside.»

«Questa poi. E perché?»

«Pare ci sia stato un fraintendimento tra lei e Allegra.»

«Dunque non c'entra nemmeno Inna», considero in un pensiero ad alta voce. Anche se quella pessima non ha perso tempo per indirizzare su di me i sospetti. Alessandro scuote il capo. «Però, prima di cercare la spiegazione più logica e di verificare un'evenienza tanto semplice e banale, per prima cosa avete puntato il dito contro di me. Mi sembra di vedervi, voi tre, voi sì che siete intelligenti e conoscete il mondo, a prendermi per poveretta.»

Lui è livido. «Ti ho chiesto di parlarti proprio per chiederti scusa. Non mi sono reso conto di quanto sono stato... offensivo, con te.»

Quando le persone ci chiedono scusa dobbiamo provare a superare l'orgoglio e il pregiudizio – c'entra sempre Jane Austen, alla fine.

L'orgoglio resta ferito malgrado le scuse. E ancora, le scuse non riescono a farci dimenticare il pregiudizio che nel frattempo è nato verso chi ci ha ferito. Bel problema. La verità è che le scuse sono necessarie, ma ancora di più lo è il tempo.

«C'è un'altra cosa che devo dirti. Ma questa è un po' più complicata. Allegra vuole tornare a vivere qui.»

«Con te?»

«Lei stava con un tipo, adesso è finita e lei ne ha abbastanza della grande città. È sempre così Allegra, fa e disfà alla velocità della luce. Adesso ha deciso che vuole mettersi in proprio ma per un po' vuole tornare a Chaverton.» Quando parla di Allegra il suo tono cambia sempre. Diventa naturale. Familiare. «È casa sua, io non posso impedirglielo. Lo capisci, vero?»

«Ma forse il suo ritorno per te potrebbe essere un motivo per staccarti.»

«Che vuoi dire?»

«Io non pretendo di conoscerti ma forse tu ti sei legato a un mondo che... va avanti anche senza di te. E magari non ti sei dato l'opportunità di cercare una strada diversa.»

Lui abbassa i suoi begli occhi e ce ne sono altre mille di cose che gli vorrei dire, come per esempio che il suo vero freno non è la sua gamba, ma l'essersi inchiodato qui, rinunciando ad altre cose che amava fare – lo ha detto lui di aver studiato economia e management dei governi e delle organizzazioni internazionali perché voleva provare a fare qualcosa di importante che avesse effetti concreti nella vita delle persone – definizione che non può attribuirsi al tenere la contabilità di una dimora di campagna, pur se vasta e impegnativa come Chaverton.

Ma io, in definitiva, che ne so? Io che della mia laurea ne faccio una decorazione per la parete di casa e preferisco alzarmi alle tre per andare a fare il pane? Se Pastrini non avesse chiuso magari sarei ancora lì.

«All'inizio era una soluzione provvisoria», dice lui, con tono pacato. «Il padre di Allegra era l'erede di Chaverton, ma la sua amministrazione era disastrosa; poi, quando è morto all'improvviso, era scontato che fossi io a dare una mano dato che conoscevo la tenuta e che ho studiato economia. Era una fase di passaggio, avevo già finito il master e poi avevo lavorato per un po' a Londra all'Organizzazione marittima internazionale, ma non mi piaceva molto... e così ho lasciato pensando che avrei rimesso in sesto Chaverton e poi avrei trovato altro. Quando ho avuto l'incidente stavo per trasferirmi a Roma, alla sede della FAO. Allegra se n'era già andata e io volevo tornare in Italia e ripartire. Avevo anche trovato una persona che potesse sostituirmi qui, insomma era tutto pronto. Ma la riabilitazione è stata lunga e alla FAO nel frattempo hanno preso qualcun altro. È seguita una fase in cui mi sono lasciato andare pensando che forse era destino e che anzi, per fortuna c'era Chaverton. Allegra non aveva niente in contrario e io sono rimasto qui. E sì, ci speravo anche che ci ripensasse e all'inizio sembrava che fosse possibile.»

«Cioè siete tornati insieme dopo l'incidente?»

Forse l'ho chiesto con eccessiva meraviglia, perché risponde: «Ti sorprende? Come hai avuto modo di constatare personalmente, l'incidente ha risparmiato una parte di me che definirei *necessaria*».

«Se volevi scusarti, stai sbagliando in pieno.»

«L'hai detto tu che sono l'antieroe.»

«E poi?»

«E poi cosa? Con Allegra?»

«Sì.»

«Se una cosa non funziona, non funziona.»

Io però li ho visti per la festa dell'estate. Complici e predestinati. «Forse non era il momento. Ma magari ora lo è. Magari lei vuole tornare a Chaverton anche per te, anche se magari non lo vuol dire apertamente.»

Lui si alza. Spegne la luce della lampada sulla scrivania, mette le scartoffie in una cassetta portadocumenti.

«Ne dubito.» Tutta l'amarezza che trasuda da questo «ne dubito» mi fa capire che probabilmente lui è ancora legato ad Allegra, alla loro vita di prima, a questo posto, e che non sono stata altro che un cambio di scenario, effimero, evidentemente, come la fiamma di una candela di sego.

«Tu lo vorresti?» gli domando sentendo il rimbombo del batticuore fin dentro la testa.

«Io devo essere completamente sincero con te.»

«È quello che mi aspetto.»

«Ci sono mille ragioni per cui dovrei tagliare i ponti con la mia vecchia vita, ma non posso aggrapparmi a te, o a nessun altro, se è per questo. Devo farlo da solo. E il modo in cui ti ho trattata... lo dimostra, non credi?»

Voilà. Finisce così. Né più né meno come aveva previsto mio fratello.

Non ha senso rimanere qui a languire per un uomo per cui non sono stata altro che un modo per mettersi alla prova.

«Vorrei chiederti di sostituirmi. Coprirei quest'ultima settimana e poi ti lascerei il tempo delle nuove riprese dell'*Orfana* per trovare una persona che concluda settembre e ottobre.»

«C'è qualcosa che posso fare per farti cambiare idea?»

Niente che io possa suggerirgli, ovviamente. E anzi, se non gli viene in mente qualcosa che mi faccia girare la testa, qualcosa che mi stenda, qualcosa che mi faccia dire non ti arrendere, resta qui e lotta duro, allora davvero è bene che io ritiri le ancore e mi rimetta in viaggio.

Faccio cenno di no con il capo e lui conclude, con tono incolore: «Se questa allora è la tua decisione...».

«Sì insomma, lo so che il contratto...»

«I contratti si stracciano, se non vanno più bene», afferma quindi, già distante.

Che peccato che lo stesso non possa farsi con i sentimenti, che ben lontani dal potersi stracciare, restano qui, annidati dentro di noi, a farci a pezzi.

26.

Quando sai che te ne devi andare da un posto il processo di distacco inizia già prima: il filo che ti lega ai luoghi e alle persone via via si assottiglia fino a sfaldarsi del tutto un attimo prima della partenza, che alla fine è quasi un sollievo.

Durante i giorni più spensierati di tanto in tanto sentivo già come il pizzico di un insetto a suggerirmi che sarebbe stata un'esperienza limitata nel tempo e ora che lo so per certo, so anche che proprio per questo si ricaverà uno spazio di idealizzata eccezionalità. Faccio le mie ultime colazioni sull'erba, ascoltando il cinguettio dei tordi e il verso in lontananza di mucche e pecore, e per consolarmi penso che uno scenario simile forse potrei trovarlo anche in zona Trezzano sul Naviglio, se proprio è la campagna che cerco.

Nel frattempo, un camion carico di roba di Allegra è arrivato da Londra il giorno prima della mia partenza. Avrei tanto voluto essere invisibile per spiare se depositerà gli scatoloni nella stanza di Alessandro o se piuttosto in un'altra delle grandi stanze dell'ala ovest. Poco dopo ho incrociato Alessandro con Oliver. Ci siamo salutati con un debole cenno della mano e una volta lui mi ha avvicinata per dirmi che ritiene di aver trovato una sostituta «adeguata». L'ho ringraziato e anche se sembrava che entrambi stessimo per dire qualcosa di più alla fine non ci siamo detti altro.

Poi arriva l'ultimo giorno a Chaverton, che però non è l'ultimo in Inghilterra perché già domattina ho il treno per Exeter, dove passerò la notte dopo aver parlato con Prosperine Jones, e l'indomani – con grande gioia dei miei e della zia Edvige – tornerò a Milano. La troverò asfittica mentre inizia a ripopolarsi dopo l'esodo di agosto e a piccoli passi riprenderò una strada che proverò a percorrere senza traballare.

Ho fatto i cornetti – la zia Edvige dice sempre «lascia profumo dove sei passata». Li distribuisco a Vanessa, a Mrs Brightside e ai fattori per il dopopranzo. Poi prendo un cestino, ne metto due, scrivo un biglietto – *Ti auguro felicità* – , lo lascio sulla scrivania vuota di Alessandro Almirante e chiamo un taxi.

Che cosa triste, penso dopo aver chiesto al tassista di andare alla stazione di Yeovil, partire senza sapere tante cose di lui. Non so nemmeno quand'è il suo compleanno – il profilo è da uomo Capricorno ma dovrei fare le opportune verifiche. Non so nemmeno cosa resterà in lui di questi momenti in cui ci siamo sfiorati, o forse lo so ma preferisco non pensarci.

Che gradevole cittadina è Exeter!

Ho stilato una *to do list*, ma a parte visitare la cattedrale, fare una sosta al The Fat Pig e bighellonare in giro, non faccio granché. Compro una copia di *Middlemarch* edizione deluxe della Penguin a Giusy e un bouquet per Prosperine Jones – è sempre bello, penso io, ricevere fiori. Così bello che a un certo punto mi va bene anche riceverli da me stessa – e penso già a domani, quando scesa a Malpensa a mezzogiorno tornerò a casa mia e dopo aver lasciato i bagagli andrò a comprarmene un mazzo.

Prosperine abita in una palazzina a due piani sopra un negozio di scarpe a Lodge Hill in cui vive da sola dopo essere rimasta vedova qualche anno fa.

Mi offre del tè – ormai ho capito che in Inghilterra lo offrono sempre, a meno che tu non sia un ufficiale giudiziario venuto a pignorare la TV. Parlare con lei, oltre a rivelarsi il fine ultimo delle mie ricerche, serve anche a distrarmi da questa malinconia aleggiante.

I capelli di Prosperine sono candidi e cotonosi, ha una leggera gobba e il volto pieno di rughe e lentiggini. Doveva essere una ragazza graziosa, anche a giudicare dalle foto esposte sul mobile che ha nel piccolo salotto, non troppo luminoso, esposto a nord. È grata per i fiori e li posiziona in un vaso sul davanzale della finestra.

«All'inizio non ero molto contenta di rivangare il passato, di parlare di Angelo... di ricordare cose...» esordisce, sempre sulle sue. È cinta dalla diffidenza come da un reticolato di filo spinato.

«Lo capisco e la ringrazio per averci ripensato. Mi dispiace moltissimo disturbarla, ma vede, noi tutti, in Italia, credevamo che Angelo fosse morto e solo da poco abbiamo scoperto che... non era così. Una delle sue figlie è ancora viva e penso che meriti di conoscere la verità, qualunque essa sia.»

«Lo immagino. Ed è una storia molto complicata, ma vedrai che alla fine avrai chiara qualche motivazione in più. Per questo ho deciso di richiamarti: mi sono resa conto che diversamente sarebbe morta con me. E se tu mi stavi cercando la ragione doveva per forza essere questa.»

«Infatti.»

«Allora siediti. Ti racconto dall'inizio solo la sua storia, perché io arrivo tanto tempo dopo.»

«Va benissimo», mi affretto a dirle.

«Per tutta una serie di casualità, perché di casualità si tratta, Angelo fu scelto da un capitano dell'esercito per fare da corriere in Sicilia di certi documenti. Io non lo sapevo ma poi ho scoperto – e in parte me ne ha parlato anche lui – che l'Inghilterra aveva molti interessi politici in Sicilia, ai tempi della seconda guerra mondiale.» Nel frattempo ho studiato il movimento per l'indipendenza di cui mi ha parlato Umberto Taratufolo, e so che all'inizio, dopo lo sbarco dell'esercito inglese, lì ci fu un governo anglo-americano, poi dopo l'armistizio misero come governatore una persona ben vista dagli inglesi, ma c'erano comunque vari conflitti tra molte fazioni. Quindi so anche che era un movimento molto agguerrito. Gli inglesi però a un certo punto non volevano più favorire l'indipendenza, perché consideravano più comoda e utile dal punto di vista politico ed economico una nazione unita. «Angelo ha accettato, perché l'idea di essere liberato era molto allettante. Sarebbe dovuto rientrare in un paese disfatto, ma un ragazzo non ci pensa, per lui tornare finalmente libero in Italia era un'esca superiore a tutto il resto.

«E quindi così fa, il capitano Pownall (che lo ha ingaggiato) lo imbarca per l'Italia. Costui cercava di favorire i siciliani, ma di tutti questi intrighi Angelo non ne sa praticamente nulla. Lui arriva a Palermo, dove sa di dover cercare un uomo, un palermitano – credo a casa sua ma sai, tanti dettagli o non li so o non me li ricordo più... Anche perché Angelo ne parlava poco e malvolentieri.

«Arriva e trova la porta aperta, lo chiama ma nessuno risponde. Gira nelle stanze finché lo trova morto – e chiaramente di morte violenta, perché era in una pozza di sangue. Non sa cosa fare, sa che di certo si caccerà in un mare di guai e crede che la cosa migliore sia scappare, ma nel frattempo sono arrivate le guardie (avvisate dai vicini, ha sempre pensato Angelo) e lo prendono – e a nulla vale che lui dica di essere disarmato. Come poteva averlo ucciso? E soprattutto perché?

«Lo mettono in cella e lui riesce a far avere un biglietto a sua moglie, a Mondello, che non sapeva nemmeno che fosse tornato. Gli sequestrano i documenti di Pownall e le cose per lui si mettono male, perché pensano sia una spia.

«Allora sua moglie» – Prosperine evita di chiamarla per nome – «interpella il figlio del padrone delle terre che Angelo lavorava insieme a suo fratello e ai suoi cugini. Erano cresciuti tutti e tre insieme a Mondello. Questo ragazzo che aveva studiato legge e voleva fare carriera politica lavorava per il nuovo governatore.»

«Angelo le ha detto come si chiama?»

«Sì... ma io purtroppo non lo ricordo più, è passato troppo tempo e poi i nomi italiani...»

«Certo, certo, non si preoccupi. Non è importante.»

«La moglie si appellò all'affetto dell'infanzia e implorò questa persona di intercedere per Angelo.»

Prosperine tace, prima di aggiungere: «Da quello che ho capito questa persona, in effetti, era lui stesso una spia degli inglesi e, sfruttando i suoi agganci, riuscì a farlo scappare dalla caserma in cui era rinchiuso e organizzò anche di metterlo su una nave che partiva per Bristol con un salvacondotto inglese. Gli disse di tornare in Inghilterra, chiedere aiuto a chi lo aveva ingaggiato e non farsi più vedere in Sicilia perché di fatto risultava accusato di omicidio in contumacia. Arrivato in Inghilterra, non era più un prigioniero di guerra, ma era terrorizzato all'idea che in qualche modo qualcuno potesse rintracciarlo qui». Mi viene da pensare che i tempi, se non altro, gli erano favorevoli. L'Italia era al completo sbando, andare a rintracciare un fuggitivo era l'ultimo dei problemi di un paese distrutto. Non c'era internet, e Angelo avrebbe potuto essere ovunque. Capisco, tuttavia, e immagino quanto angosciante debba essere stato vivere nel terrore che qualcuno lo trovasse e lo accusasse nuovamente di qualcosa che non aveva commesso.

«Era praticamente finito sulla strada e viveva di espedienti, evitando di trovare un lavoro e una casa per non far vedere a nessuno i suoi documenti e il suo nome. Alla fine non ne poteva più e chiese aiuto a Umberto e a Lord Hasbury. Voleva anche cambiare il suo cognome, ma non era permesso. Lui prese comunque l'abitudine di farsi chiamare Longo come tutti lo conoscevamo. Credo che per tutta la sua vita non sia mai uscito dal Dorset.»

«Lei non sa chi fosse questa persona trovata morta?»

«No, mi chiedi davvero troppo. So però che, finita la guerra, Angelo si arrischiò a contattare la moglie per chiederle di raggiungerlo in Inghilterra con le figlie. Ma lei non volle – e gli disse che le ragioni erano tante: lei non era sicura della sua innocenza, per quanto ne sapeva poteva davvero essere diventato una spia degli inglesi e aver ucciso quella persona. E poi nel frattempo si era messa proprio con l'uomo che lo aveva fatto scappare. La versione ufficiale era che lui era morto durante lo sbarco degli Alleati e, per il suo bene e per il bene di tutti, era meglio che le cose restassero così. E Angelo così fece, rispettando la sua volontà. Non era un cuor di leone, come si suol dire. O forse era rimasto talmente scottato da non avere più la voglia, né la forza, di esserlo.»

Resto senza parole, davvero. Che storia sfortunata. Mi chiedo cosa preferirebbe la zia Edvige: sapere che è stata la madre a scegliere per loro una vita da orfane o continuare a credere che il padre le abbia abbandonate? Ma, più probabilmente, i pensieri della mia bisnonna sono stati molto più combattuti e complessi di così. Penso che nessuno dovrebbe giudicarla. Anche perché Prosperine – me ne accorgo da come parla, dal tono che usa, da quella lividezza che appare sul suo volto – resta ancora un'innamorata delusa. Non avrà mai una parola buona per «la moglie» e i fatti di terza mano non sono mai veramente attendibili. A volte condannare le ragioni degli altri è un modo per difenderci da sconfitte personali che ci sarebbero intollerabili. Sarà che vedo la storia dall'esterno, e per questo sono più lucida, ma credo anche che Maria fosse spaventata all'idea di unirsi al marito in una vita a rischio di andare a monte da un momento all'altro. La posizione di Angelo restava quella del fuggitivo. E se è vero che aveva fatto il giuramento di essergli fedele nella buona e nella cattiva sorte, avrà anche pensato che a quest'ultima doveva porre un limite. Ma non è il caso di fare da avvocato della mia defunta bisnonna proprio con Prosperine Jones, che intanto aggiunge: «Il punto è che formalmente, anche se lui era a Chaverton, loro restavano sposati. E Angelo chiedeva a Umberto di spedire dei soldi alla moglie, per le figlie». E infatti Edvige e mia nonna studiavano dalle suore e sapevano suonare il violino e parlare francese. La mia prozia ha sempre pensato che fosse stato grazie al lavoro della madre e all'aiuto dei suoi nonni. E invece. «Tutto quello che guadagnava cercava di farlo avere alla famiglia. Lui aveva il timore di farlo personalmente, che qualcuno risalisse alla sua identità... Non ho mai conosciuto una persona più afflitta dalla paura. Ho saputo che è morto giovane di crepacuore e non me ne stupisco.» Si ferma per sorseggiare del tè. Fa un lieve rumore di risucchio e si scusa.

«Comunque. Per tornare ai fatti concreti. Umberto faceva dei vaglia. La moglie di Angelo li ha sempre incassati», aggiunge, aspramente. «Sarò onesta: io l'ho amato come si ama a vent'anni, cioè al massimo che si può. E lui era un uomo più grande di me, pieno di problemi.» – Oddio mi ricorda qualcuno. – «E sembrava che anche lui potesse ricambiarmi, anzi, sono sicura che lo abbia fatto, per quello che era capace di fare. Però non c'era un reale futuro per noi, e non mi riferisco solo al matrimonio – sono vecchia, sì, però sono sempre stata moderna. Il punto è che quel passato lui non se lo è mai lasciato alle spalle. E poi non voleva figli, perché diceva che se non aveva potuto fare da padre alle sue figlie allora non lo sarebbe stato per nessun altro. E così... ci siamo lasciati, perché invece avere un figlio per me era un desiderio più forte... più forte di tutto. E ho fatto bene, perché guarda che meraviglia, la mia Eleanor», dice prendendo una foto per mostrarmi una cinquantenne dall'aria allegra. «E questo è Luke», dice mostrandomi un'altra foto che stavolta ritrae il figlio. «Un dono del cielo. A quest'ora sarei vedova di Angelo da oltre cinquant'anni e senza nessuna compagnia. Ho fatto bene», rimarca, come se per prima dovesse convincersene lei. «Ho sette nipoti, sette!» esclama tutta arzilla, per poi aggiungere, più seria: «Certo, ho anche il rimpianto di un grande amore perso. Ma nella vita si deve sempre rinunciare a qualcosa».

«Penso che lei abbia ragione», affermo, stupita dall'eco che certe sue parole hanno avuto in me.

«Sui figli e sui nipoti che sono un dono del cielo?»

«No. O comunque, sì, naturalmente figli e nipoti sono un dono del cielo. Ma penso che sia una questione di scelte e penso che si possa essere felici anche senza. Intendevo dire sulle rinunce.»

«Ah sì. A qualcosa si deve rinunciare. Be', non hai nient'altro da chiedermi?»

«Sì, se non si sente stanca...»

«No.»

«Secondo lei era davvero innocente?» domando, timidamente.

«Si è trovato nel posto sbagliato al momento sbagliato.»

«Eppure lei dice che la mia bisnonna ne dubitava.»

«A un certo punto le fece comodo dubitarne, più che altro. Se avesse dubitato dall'inizio non avrebbe smosso mari e monti per farlo scappare, non pensi?»

La stoccata acida verso Maria avrei dovuto prevederla. Prosperine è convinta di essere una persona moderna eppure tra le due credo che l'egoismo di Maria abbia valicato la frontiera dell'avanguardia. È una che ha scelto per sé, anche a costo di far pagare un prezzo elevato a tutte le persone coinvolte. Non capisco cosa penso davvero di lei.

«Zia, tu hai una vaga idea di chi fosse il proprietario delle terre in cui tuo padre lavorava come contadino?» chiedo alla zia Edvige, che ho chiamato appena uscita da casa di Prosperine.

«Come no. Antonio Andrade. Il figlio è stato il mio padrino. Ma perché me lo chiedi?»

«Così, per le mie ricerche. Niente di che, zia. E il tuo padrino lo vedevi spesso?»

«Veniva spesso a farci visita, almeno fino a quando non ci siamo trasferite tutte e tre a Milano perché tua nonna frequentasse l'accademia di danza.» Mia nonna – mi è stato raccontato – in effetti era leggiadra come una libellula e ballò tutta la vita tipo Carla Fracci, ma fu molto meno famosa.

«E che tipo era?»

«Generoso. Ma d'altra parte i palermitani che hanno i soldi sono sempre sontuosi. Mi faceva dei regali bellissimi: ero l'unica ad avere una bambola cui si tirava la corda e lei sapeva dire *mamma*. Un lusso vero.»

«Ed era sposato?»

«Ma perché tutte queste domande sul mio padrino, adesso? Sarà morto da almeno vent'anni, buonanima.»

«Mi sono appassionata alle storie di famiglia. Non si può?»

Mi sembra di vederla arricciare le labbra per lo scetticismo. «Era sposato con una ragazza di Ragusa che però era sempre malata. Avevano un figlio. Non mi ricordo molto altro.»

Poi la zia insiste con una certa petulanza per sapere quali

cose le sto nascondendo, ma non è il caso di raccontarle i fatti così, per telefono. Devo ancora capire se effettivamente potrò mai dirle la verità, e in che termini.

Trascorro la serata su internet per risalire a casi di cronaca nera riportati negli archivi dei quotidiani fino a quando mi si appanna la vista e finalmente riesco a trovare nell'archivio storico di un quotidiano un trafiletto in cui si fa menzione di Edoardo Fraganni, legato al movimento indipendentista siciliano e fortemente sospetto di attività sobillatorie, trovato morto in casa sua a Palermo in via Principe di Palagonia.

Indagato risulta essere A. F., di anni 28.

Digito quindi il nome della vittima – ma come facevano le persone senza internet? Morivano curiose, non c'è altra risposta – e trovo una notizia che mi lascia molto amareggiata: vent'anni dopo, nel 1965, un reporter aveva finalmente fatto luce sulla morte di Fraganni, ucciso da persone all'interno del movimento perché sospettato di doppiogioco. La vedova aveva fatto un gran clamore perché voleva che fosse riconosciuta la sua onestà e che gli fosse dedicata una strada di Palermo. Il giornalista non mancava di riportare che il giovane soldato accusato di omicidio non era mai più stato rintracciato e nessuno sapeva che fine avesse fatto. Che fosse vivo o no, riteneva che fosse una vittima al pari di Fraganni, e che probabilmente era stato utilizzato come copertura dai veri assassini. Mi viene da pensare che Angelo non l'abbia mai saputo. Oppure, se ne è venuto a conoscenza deve aver pensato che era troppo tardi. E Maria? Lei lo ha mai saputo? Chissà. Nel 1965 era già a Milano, dove forse non aveva accesso al «Giornale di Sicilia» – su cui la notizia è apparsa. Temo quindi che questo non lo scopriremo mai.

Faccio solo un piccolo giro del centro di Exeter prima di ritirarmi in albergo e chiudere le valigie, non senza un'indefinibile sensazione di turbamento.

Mi metto infine a dormire, imponendomi di non dedicare ad Alessandro l'ultimo pensiero del mio ultimo giorno inglese.

27.

Il caldo appiccicoso di Milano ha l'effetto delle temperature tropicali se comparato all'umida freschezza delle mattine inglesi. Quelli che tornano dalle vacanze al mare si commuovono rievocando il rumore delle onde. Io mi sciolgo ascoltando il fruscio del vento leggero tra le foglie, mentre il muggito della pubblicità del Fruttolo mi devasta. A parte questo disadattamento di quando si passa da una condizione a un'altra e l'amarezza che aleggia alle mie spalle come un'ombra, direi che va tutto bene.

Riprendo le lezioni di inglese di Giusy. Sua madre mi telefona per dirmi che intende pagarle, perché quest'estate suo figlio ha parlato tanto di me e loro non avevano idea che se ne fosse approfittato prendendo lezioni gratis. Ho conosciuto Chiara. È una ragazza molto timida, se le rivolgo la parola diventa tutta rossa. Anche lei chiede di prendere lezioni d'inglese insieme a lui tutti i mercoledì alle cinque, e di volta in volta mi sembra un po' più distesa. Non saprei dire se ci sia del tenero tra loro, ma in definitiva non è importante, quello che conta è che si siano trovati.

Giusy si è messo a studiare per ottenere una borsa di studio per uno stage al Trinity College. È animato da una motivazione incredibile, che parzialmente, certe volte, mi ritrovo a invidiargli. L'idea di Dublino gli indica una direzione e lui non risparmia le energie per raggiungerla. Ha dieci anni meno di me e maggiori capacità di focalizzazione, al che devo desumere che non sia proprio una questione d'età. Tuttavia, so che è tempo di pensare al lavoro, quello vero. Sul mio conto corrente è stato accreditato il compenso dell'ultimo stipendio di Chaverton House – e che brivido carico di rimpianto dietro la schiena! – e ho ancora qualche risparmio, ma non è questo il punto.

Il punto è che se non altro una cosa l'ho capita e cioè che voglio tornare a scuola. E non per ripiego né per accumulare punteggio. Tornare a scuola per provare a trasmettere entusiasmo ai ragazzi. A qualcuno resteremo indifferenti, io e il mio mondo antico fatto di vecchi libri. Ma a qualcuno no, e io ne sarò felice.

In una morbida domenica mattina, mentre dal campanile della chiesa a trecento metri da casa mia rintoccano le campane perché la messa è finita, io ricevo una chiamata da James Taratufolo.

«Ehi, Angelica, come stai? Com'è il tempo nel Dorset?»

«Piovoso, immagino! Ma non lo so per certo, sono tornata in Italia.»

«Ah, credevo di aver capito che saresti rimasta fino alla fine di ottobre.»

«Lo credevo anch'io, ma sai, i piani spesso cambiano in corso d'opera.»

«Vero. Ascolta, era un po' che volevo chiamarti. Ti ricordi che dopo averti incontrata mio nonno mi ha detto di cercare tra le sue cose? Non so se te l'ho detto ma all'inizio vivevamo insieme, poi però quando abbiamo capito che non era più autonomo lo abbiamo spostato al St Anne.»

«Sì, certo, me lo ricordo, come anche mi ricordo che hai detto "cerco stasera stessa"...»

James ridacchia.

«Hai ragione, scusami! Però alla fine l'ho fatto. In casa da noi ci sono un paio di valigie piene di roba del nonno e ho guardato lì. Ho trovato una cartolina di Angelo, da Milano.»

Da Milano? Questa sì che è incredibile!

«Di che anno?» gli domando.

«1965.»

Allora non è vero che non mise piede fuori dal Dorset... e se andò proprio a Milano c'è poco da fare, non può essere una coincidenza. Dev'essersi mosso alla ricerca della moglie e delle figlie, magari dopo aver saputo di non rischiare più di essere arrestato.

«È davvero una bella notizia, James, grazie!»

«Il nonno mi ha detto di fartela avere.»

«Allora in tal caso la cartolina deve tornare proprio da dov'è partita. Che c'è scritto?»

«È in italiano.»

«La leggerò io, allora.»

«Okay, te la spedisco.»

«James... so che tu sei uno che si prende i suoi tempi però... se riuscissi a farlo al più presto...»

«Facciamo che intanto te la mando via WhatsApp. E poi promesso, già domani vado alla posta.»

«Grazie. E salutami tuo nonno, davvero! Digli che ho parlato con Prosperine e che adesso so tutto. E che lo ringrazio di vero cuore per l'aiuto che ha sempre dato ai miei bisnonni.»

«Glielo riferirò.»

Appena riagganciamo, arriva la cartolina.

Un'immagine con una tipica grafica anni Sessanta che ritrae l'Arco della Pace e sul retro il timbro postale: AIUTATECI A SERVIRVI MEGLIO, SCRIVETE L'INDIRIZZO COMPLETO E LEGGIBILE.

La grafia elementare di Angelo mi suscita una tristezza che non riesco a spiegare.

Sono arrivato in Italia! Ora non torno più!
Lo sai che scherzo.
Le mie ragazze sono bellissime.
Saluti dalla tua madrepatria
Angelo

Adesso non mi resta che dire la verità, o ciò che più le somiglia, alla zia Edvige.

Potrei mettere in piedi una versione edulcorata, omettendo che a quanto pare, stando a quel che dice Prosperine Jones, alla fine fu Maria a non volersi ricongiungere con Angelo. Anche se conoscendo la zia trovo difficile che non si ponga domande scontate del tipo: perché allora non siamo andate da lui in Inghilterra? Però potrei sempre dirle che lo decisero entrambi di comune accordo perché era troppo rischioso. Insomma un pacifico e lieve camuffamento dei fatti per farla morire in pace – come dice sempre lei – ma devo trovare il momento giusto.

È sabato. Esco per comprare il lievito che ho inaccettabilmente finito dopo l'ennesima sfornata di cornetti. Il freezer implora pietà, ma d'altra parte senza lievito in casa mi sento preda dello smarrimento. Al rientro, nella cassetta della posta trovo una busta di carta pregiata color avorio recante un francobollo di Sua Maestà. In alto a sinistra, il logo elegante di Chaverton House.

Salgo di corsa le scale fino al terzo piano per non aspettare la lentezza esasperante dell'ascensore, e la apro con grande eccitazione, avendo cura di non rovinarla.

Chaverton House
Invites you to
The Mallands Park Orphan Exhibition
The 5th of October at 1.15 pm
The exhibition will be opened daily
from 10 am till dusk for one month

Insieme all'invito, un biglietto di Alessandro Almirante: *Verrai?*

Alessandro, Alessandro. Come brucia ancora la tua ferita.

Dovrei rispondergli, immagino. O magari no. Mi sento ancora umiliata e penso che avrebbe potuto fare tanto, tanto di meglio. Non per la mostra, ovviamente. Intendo con me. Ma non ho troppo tempo per pensarci: mi devo sbrigare per andare a pranzo dai miei per celebrare il rimpatrio.

Ci sono i gemelli Splendidi Splendenti con le loro fidanzate e c'è la zia Edvige con Parmenide. A tavola si parla di attualità – sembra la rassegna stampa della giornata – e quando mi chiedono della Brexit, pensando che io abbia qualcosa di interessante da dire in materia, restano molto delusi e anche un po' sconcertati dal fatto che in realtà no, non ne so più di prima malgrado sia stata per quasi tre mesi in UK. Sì, i fattori e gli allevatori ne parlavano, ogni tanto. In linea di massima erano tutti pro-Brexit e voglio dire, c'è stato un referendum, la maggioranza ha vinto, insomma non c'è tanto altro da dire. Vogliono star soli, stiano soli. Contenti loro. Questo, in estrema sintesi, il mio pensiero.

«Lo sappiamo che Angelica è così. Se il mondo cade lei si sposta un po' più in là», interviene mia madre, con il tono di chi non capirà mai come sia invece possibile non lasciarsi scuotere dagli elementi.

«Fatto sta che la Brexit non potrà non avere un impatto negativo sugli italiani in Inghilterra», commenta mio fratello Alberto, versandosi del vino. «Adesso gli inglesi dovranno far loro i camerieri, i baristi, e tutti i lavori più umili. Addio bassa manovalanza di tutti i ragazzi europei ansiosi di fare esperienza.»

«Ragazzi e *ragazze* con spirito d'avventura e d'iniziativa, non lo puoi negare...» rispondo sottolineando «ragazze». Il suo sguardo lancia dardi minacciosi, mentre si rivolge ad Alessio finendo con l'accentrare la conversazione, giocando di sponda più o meno come al solito. Quanto alle loro fidanzate, sono carine, gentili e cornute come le precedenti e in uno slancio di sorellanza non so davvero cosa augurare loro.

Dopo il caffè la zia Edvige mi chiede di accompagnarla a casa, e una volta da lei, penso che sia arrivato il momento di raccontarle tutto.

«Hai tempo e voglia, zia, di fare due chiacchiere?»

«Mia diletta. Con te, sempre.»

«Riguarda... la nostra famiglia. Riguarda Angelo, e quello che gli è successo.»

Edvige si fa seria, mentre Parmenide si siede su di lei e mi fissa ostile – si era illuso, il malefico, che non sarei più tornata. Be', da quella stessa illusione mi trovo a dover guarire anch'io.

Ho studiato la versione da darle in ogni dettaglio, ma sono sicura che troverà falle e mi metterà in croce. E difatti, è come previsto: la zia elenca una lunga sequenza di obiezioni del tipo «non è da mia madre», «ma perché non raccontarci la verità nemmeno quando stava per morire?», «quindi era vivo per tutti tranne che per noi figlie? Non ha senso!».

«Sono sicura che hanno pensato entrambi a farvi soffrire il meno possibile. Come l'avresti presa l'idea che tuo padre fosse stato accusato di omicidio? Non tanto bene. Volevano proteggervi entrambe», dico, così convincente che quasi ci credo anch'io. «Zia, devi pensare che è stata una storia molto sfortunata, ma l'importante, credo io, è sapere che Angelo non voleva abbandonarvi.»

«Ma mia madre...»

«Lei ha fatto a sua volta il meglio che poteva.»

«È un grande peccato che siano morti giovani entrambi. Magari sarebbe bastato un po' di tempo in più e forse avrebbero potuto aggiustare le cose.»

«È molto probabile», confermo, cavalcando la sua visione speranzosa.

«Questo dev'esserci di lezione: non bisogna mai perdere tempo, con le persone. Non si sa mai.»

«Hai ragione.»

«Che brava che sei stata», mi dice, sfiorandomi il viso con una carezza.

«Sono stata fortunata perché certe persone che conoscevano la storia del nonno sono ancora vive.»

«Che fossero vive è merito del buon Dio, ma tu riconosciti quello di essere stata brava a trovarle», obietta la zia.

«Ma a proposito, mi chiedevo... Tua madre aveva un'amica... una persona fidata che potrebbe essere a conoscenza di quello che è successo?»

«Sì, certo, ma sono già morte, al contrario dell'amico di mio padre, che è un miracolo che fosse ancora vivo e vigile.» E non posso darle torto. Senza Umberto non sapremmo neanche metà della storia. «Senti, mi sono ricordata una cosa... una cosa che forse non significa niente.»

«Dimmi», la esorto, prendendole la mano. Due vene turgide e bluastre ne attraversano tortuosamente il dorso.

«Mi sono ricordata di quando c'è stato un allestimento

alla Scala dello *Schiaccianoci*, mi pare che fosse. Insomma, era uno spettacolo di tua nonna. Aveva ventidue anni. Era uno splendore. Certo, non è mai diventata étoile, però insomma, il mondo ha bisogno anche di ballerine di fila e forse questo vale per tutto.»

«Dillo a me zia, metaforicamente parlando io sono nata per essere una ballerina di fila.»

«Tesoro mio, tu però sei l'étoile della tua vita, questo non te lo dimenticare.»

«Giusto», le rispondo con convinzione. «Ma cosa volevi dirmi?»

«Sì, della Scala! Durante la pausa tra primo e secondo atto andai nel bar del foyer del teatro e mi ricordo che mentre ero in fila per prendermi una limonata un signore mi attaccò bottone. Era un uomo molto fine ed era da solo. Aveva un'aria familiare, tant'è che pensai che potesse essere un attore della televisione e quando gliel'ho chiesto lui si è messo a ridere. E se fosse stato… lui?» conclude, esitante, a voce sempre più bassa. «Magari osservava mia sorella a distanza, fiero della sua bella figlia ballerina. Forse mi ha riconosciuta, anche se non so come, ma a questo punto tutto è possibile, e ha provato a parlarmi.»

La cartolina che ha spedito a Umberto sembrerebbe la prova che davvero Angelo le osservava da lontano – e chissà con quanta amarezza e quanti rimpianti.

«Mi è venuta un'idea», se ne esce all'improvviso la zia. «Perché non andiamo insieme in Inghilterra? Prima che mettono l'obbligo del passaporto, che io non ce l'ho e con la trafila che ci vuole muoio prima.»

«Eh?»

«Insieme, io e te, andiamo a salutare e ringraziare il signor Taratufolo. E poi mi porti a Chaverton House, dove lavorava mio padre. Dai!»

«Zia… io sono appena tornata!»

«Cosa ci siamo appena dette?»

«Cosa?»

«Che non dobbiamo perdere tempo.»

«Ho capito, però la faccenda è complessa, è meglio che

io non ritorni a Chaverton», mi ritrovo a impapocchiare in maniera un po' vaga. Alla fine è comprensibilissimo che lei voglia andarci e se non fossi stata presa per possibile ladra di prime edizioni non ci sarebbero ragioni per essere restia a tornare. Tanto più che c'è l'inaugurazione della mostra...

«Che cos'è successo?»

«Ecco...» ma non mi fa nemmeno finire di parlare.

«Conoscendoti non può essere niente di così grave. Chi altri vuoi che mi accompagni? Non penso di poter contare su tua madre o i tuoi fratelli...»

«In effetti. È già stato uno sforzo immenso da parte di Alberto venirmi a controllare di persona.»

«E allora...!»

Ma sì che voglio tornare in UK. Ma sì che ho un desiderio struggente di vivere altre ore rubate nei giardini di Chaverton.

«Però ti prego, non portiamoci dietro Parmenide.»

28.

E adesso come la mettiamo?

Non posso tornare a Chaverton in incognito. Credo che sarebbe molto penoso se incontrassi Alessandro casualmente, soprattutto dopo il suo biglietto.

Ma non posso nemmeno stare qui a rimuginare facendo tutta una serie di ipotesi su cosa penserà lui su di me e sul perché sono di nuovo a Chaverton.

Poco prima gli scriverò un messaggio e amen.

È il giorno della partenza, il primo mercoledì di ottobre. Per prenotare i voli e trovare posto allo Strand di Covent Garden c'è voluto un attimo.

Il programma che ho stilato è il seguente:

- mercoledì pomeriggio arrivo a Luton – trenino per arrivare a Oxford;
- giovedì Oxford, visita alla biblioteca Bodleiana e nel pomeriggio casa di risposo St Anne; pernottamento a Oxford;
- venerdì Chaverton (che Dio mi aiuti). Nel pomeriggio Yetminster-Londra;
- sabato e domenica Londra: itinerario classico molto condensato (Piccadilly Circus, Fortnum and Mason, British Museum, Buckingham Palace e Portobello Road); il tempo sarà poco e dovremo sperare che la protesi d'anca della zia regga;
- domenica sera rientro a Milano.

«Che ne dici zia?» le chiedo.
«Che potevamo stare un po' di più, tanto io non lavoro e tu nemmeno.»
Pazientemente le rispondo: «Okay che non ho un posto fisso e non sono il paradigma della giovane stacanovista, ma non è che non lavoro affatto. Ho le traduzioni e le lezioni d'inglese del mercoledì che ho dovuto anticipare al martedì».
«Ma, Angy... a te cosa piacerebbe davvero fare?» mi domanda, seria, mentre siamo sul taxi per arrivare in aeroporto.
«Penso di averlo capito, finalmente.»
C'è voluto un po' di tempo, una frattura al coccige e anche un'accusa di furto, ma adesso lo so. La graduatoria è uscita da poco e ovviamente sono in fondo. Ma io ho pazienza.
«Insegnare», le rispondo quindi, e dicendolo ad alta voce ne sento tutta la gioia.

Seduta su una delle poltroncine dure e scomode al gate compongo una serie di messaggi da inviare ad Alessandro per avvisarlo che venerdì mattina accompagnerò mia zia a Chaverton. Forse se avesse avuto uno smartphone anche Elizabeth Bennet avrebbe dovuto avvisare Darcy che stava visitando Pemberley insieme agli zii Gardiner anziché farsi trovare lì e pentirsene amaramente. D'altra parte però, così facendo, avrebbe saputo che Darcy non era a Londra come pensava bensì proprio lì a Pemberley e non ci sarebbe mai andata.
Io però non sono un'eroina ottocentesca e tra l'altro non ho nulla da rimproverarmi.
Sei sempre la benvenuta.
Risposta secca e civile, né più né meno quella che mi aspettavo da lui.
Non c'è un seguito ai due messaggi, niente che solletichi, ecciti o inquieti.
A volte le storie tra le persone vanno così, si raggiunge un momento in cui potrebbe succedere di tutto ma supe-

rato quello, o il *tutto* in effetti accade, o sfuma, si dissolve, e bye bye.

Alla zia Edvige Oxford piace molto e in generale si sta gustando l'esperienza del viaggio. Non fa che dire cose tipo «quanto è divertente, ma perché non l'ho fatto prima?» oppure «ora mi vendo l'appartamento di Milano e prendo casa a Oxford». Arriva alla casa di riposo carica di buonumore e idee, pronta ad accogliere l'emozione che le susciterà l'incontro con Umberto Taratufolo. Ma prima di varcare la soglia del St Anne viene avvolta da un'inquietudine che leggo nei suoi occhi azzurri, che a volte, dipende dalla luce, sembrano verdi. Gli stessi occhi di Angelo, o almeno così le ha sempre detto sua madre.

La zia preme il pulsante dell'ascensore. La sua testa trema un po' e sembra perdersi in pensieri tutti suoi fino a quando entriamo nella stanza di Umberto insieme a James, che gli spiega in inglese che Edvige è la figlia del suo amico Angelo.

Il signor Taratufolo unisce le mani in un debole battito di meraviglia. «Edvige! E come si chiama l'altra, aspetta, ricordamelo tu...»

«Mia sorella si chiamava Luisa.»

«Sì ecco, Luisa. Angelo non l'ha mai vista bambina, quando è partito per la guerra vostra madre era in stato interessante, vero?» ricorda Umberto, parlando lentamente. «Stato interessante», una locuzione che mi suona sempre un po' popolare ma detta da lui mi affascina, perché è come avesse in sé quella sapienza che deriva dall'oltrepassare indenne il tempo mentre tutti gli altri se ne sono andati prima.

«È così», conferma la zia. «E io stessa avevo meno di due anni e non mi ricordo di lui, purtroppo.»

Umberto resta silenzioso e anche la zia, in genere tanto loquace, sembra intimidita. Allora gli dico: «Ho parlato con Prosperine, e mi ha detto dei vaglia... Mia zia vuole ringraziarla».

«Be', non erano soldi miei...» si schermisce con una risata lieve e rauca.

«Credo che più in generale mia zia voglia ringraziarla per essere stato un leale amico di Angelo.» E la zia allora prende la parola aggiungendo: «Lei, signor Taratufolo, non ha dubitato di lui e della sua versione dei fatti. Questo è molto prezioso».

«Non si poteva dubitare, conoscendolo bene.»

«Secondo lei mia madre dubitava di lui?» si lascia andare la zia, amareggiata. Lo sapevo che non avrebbe potuto evitare di porsi questo interrogativo, ma d'altra parte esiste un limite alla protezione che possiamo offrire agli altri e io non posso cambiare la realtà. È lei a dover usare il tempo che le resta per poter far pace con la storia dei suoi genitori.

«No, non dubitava nemmeno lei», risponde Umberto con una certa sicurezza.

«Ma allora perché non lo ha appoggiato, perché non ci ha portate qui... perché ha continuato a dirci bugie? Mio padre le ha mai detto... perché?»

Il signor Taratufolo cerca il mio sguardo e chiede un bicchiere d'acqua al nipote. «Io penso che loro all'inizio abbiano deciso insieme che era meglio fare così», dice infine, dopo aver sorseggiato appena, come un uccellino. «A un certo punto suo fratello gli fece sapere che avevano trovato il vero colpevole. Ad Angelo non sembrava vero, dopo tutto quel tempo... Allora è tornato in Italia e ha incontrato anche vostra madre... ed è molto triste, perché loro si sono riconciliati e per un po' si scrivevano lettere e si sentivano al telefono pensando di raccontarvi la verità, ma come tua nipote ti avrà raccontato Angelo è morto dopo poco tempo.»

Un altro pezzo del puzzle va al suo posto: mi torna in mente che il bisnonno aveva lasciato Chaverton nel 1965 e aveva anticipato ai suoi vicini di casa che presto non sarebbe stato più solo... magari sono congetture ma forse Maria sperava di raggiungerlo qui in Inghilterra, adesso che l'ombra di quel crimine mai commesso si era finalmente dissolta e che le figlie erano più grandi?

Umberto prosegue, amareggiato. «Il tempo, ecco cosa è mancato. Io l'ho conosciuta, vostra madre. L'ho avvisata io che Angelo era morto e lei venne qui, per il funerale.»

Le rughe sul volto della zia si accentuano. «Veramente?» Mi sembra di immaginare cosa sta pensando.

Umberto annuisce con forza. «E pianse molto.» Ci credo, pianse tutti i rimorsi che aveva.

«Che destino… amaro.»

«Ma Angelo fu anche felice, sai? A Yetminster trovò una vita serena, amava coltivare la terra e stava bene a Chaverton. Alcune mancanze non si possono sostituire, sì, però riuscì a essere sereno, ecco, se questo può esserti di conforto.»

La zia chiude gli occhi pesantemente e quando li riapre sono tutti lucidi. Alla fine le lacrime non riescono a essere contenute e le rigano le guance.

Rimarrebbero a parlare per ore, ma poi siamo costretti a salutarci, l'orario delle visite è terminato, Umberto è commosso e tutti ci salutiamo con un peso nel cuore, ognuno consapevole che non ci sarà più tempo per rivedersi.

Fuori dalla casa di riposo, percorriamo silenziosamente Pembroke Street. La zia resta taciturna per un po', poi mi dice, di scatto: «Mi ricordo, mi ricordo. Aveva detto che andava in Sicilia, io e tua nonna non avevamo voglia di accompagnarla, non dovette nemmeno trovare troppe scuse. A vent'anni si crede a tutto perché non si fanno le domande giuste… lei disse vado in Sicilia e non le abbiamo nemmeno chiesto il perché!».

«Visto? Ha ragione Umberto. Sarebbe bastato solo un po' più di tempo», le dico con dolcezza. Questa parte della storia Prosperine non poteva saperla – anzi, meglio che non l'abbia saputa, si sarebbe esacerbata ulteriormente. Tutti sbagliamo e certamente la mia bisnonna ha commesso i suoi errori e dev'essere morta piena di rimpianti – e cosa c'è di peggio? Dopo la morte di Angelo deve aver pensato, semplicemente, che non aveva senso raccontare alle figlie tutta quella storia o forse non aveva il coraggio di sostenere le sue ragioni. Tanto valeva che continuassero a credere che il padre era morto in guerra, anziché rimuginare su quello che si erano perse in vent'anni. Per Luisa e Edvige non avrebbe fatto nessuna differenza, ormai, sapere se era morto vent'anni prima o vent'anni dopo. Quel che era perso, era perso. Posizione opinabile, ma non c'è modo di tornare indietro nel tempo, e con questa ovvietà dev'essersi scontrata Maria per prima.

«Tu sei andata al cimitero, a Yetminster?» mi domanda la zia, aggrappandosi al mio braccio.

Mi coglie impreparata. Come ho potuto non pensare a una cosa del genere? Mi sento arrossire di vergogna: in più di due mesi non ho mai portato ad Angelo nemmeno un fiore.

«No zia… scusami.»

«Ma di che ti scusi! Se non ci fossi stata tu nemmeno la sapremmo, tutta la storia. E poi, come diceva il Foscolo, più o meno… *quale sollievo sarà per i miei giorni perduti una tomba che distingua le mie ossa dalle infinite ossa che la morte sparge per terra e per mare?*» recita quindi con tono solenne.

«Che bella, zia!»

«Anche gli italiani hanno bravi poeti», risponde, ed è una piccola provocazione cui non sa proprio resistere. «Comunque, il succo è: ci andiamo domani, non fa niente.»

E così si chiude la nostra prima giornata inglese. Domattina prenderemo il treno per Yetminster e non riesco a non pensare all'ultima volta che ho compiuto questo tragitto, così poco tempo fa in fin dei conti, in quella bolla euforica che mi riportava a Chaverton, quando ancora credevo che potesse essere l'inizio di qualcosa.

Il piccolo cimitero di Yetminster si trova sul retro della chiesa di St Andrews, ed è un tipico cimitero protestante un po' lugubre con stuoli disordinati di vecchie lapidi. Impieghiamo un'ora prima di trovare quella di Angelo Focante, camminando infreddolite sull'erba umida tra esempi di arte funeraria di varie forme e di diversa epoca. Per un attimo ci attraversa il dubbio che dopo tutti questi anni sia stata rimossa, senza nessuno che se ne curava, e magari le ossa incenerite o deposte in un ossario, ma alla fine eccola, la lapide del mio bisnonno, macchiata da muschi e licheni, dimenticata da (quasi) chiunque.

ANGELO LONGO FOCANTE
B. 21.6.1917
D. 13.1.1966
HE WAS A RIGHTEOUS MAN

«Che vuol dire?» mi chiede la zia con un filo di voce.

«Era un uomo giusto», traduco, un po' commossa.

La zia depone sull'erba il mazzolino di fiori che ha comprato. Resto un passo indietro per permetterle di formulare i suoi pensieri in solitudine, ma alla fine lei si volta e con un bel sorriso mi dice il «grazie» più enfatico che abbia mai ricevuto nei miei ventisette anni.

29.

Com'è diversa Chaverton in autunno, avvolta da una luce più titubante, con gli alberi impoveriti delle loro foglie ma tinti di miele. La zia ne è affascinata.

«Adesso capisco perché hai preferito rimanere qui tutta l'estate!»

«In effetti rivederla è un colpo al cuore», le rispondo, e a ogni passo oltre il cancello, quella che prima avrei detto fosse calma, se mai era davvero quella la sensazione che provavo, si tramuta invece in un'agitazione crescente.

«E capisco anche cosa intendeva il signor Taratufolo quando ha detto che qui mio padre è stato anche felice. Vedi, la vita non è mai totalmente miserabile e sfortunata; quel che leva prova a compensarlo, a modo suo.»

Mi dice queste parole proprio mentre ricevo un messaggio di Alessandro.

È oggi che sei qui?

Gli rispondo di sì, che sono in giro con mia zia che non ha mai visto *L'orfana* e si gode Chaverton per quel che è.

AA: *Ci salutiamo?*

AB: *Certo.*

AA: *A dopo.*

Ovviamente il resto della visita si svolge per me in uno stato di irrequietezza che mi risucchia forze e attenzione anche quando entro nella sala della mostra di cui dovrei sentirmi un po' orgogliosa. E guarda guarda, c'è un cosiddetto *light refreshment* con tanto di *scones.* Ma quando si tratta di visitare la biblioteca mi rifiuto.

«Proprio tu?» La zia mi fissa interrogativa.

«La conosco già abbastanza bene», le spiego con una voce che suona falsa anche a me.

La zia segue quindi la guida e il resto del gruppo – a proposito, non è male, ma del resto rompipalle com'è Alessandro non avrebbe mai ripiegato su una persona inadatta.

Io resto fuori, nel corridoio, a guardare dalle finestre come facevo non più tardi di un mese fa. Ma com'è breve, adesso, la visita in biblioteca... dopo cinque minuti sono già tutti fuori. Esauriti gli appartamenti che è possibile visitare, si passa agli esterni, con la solita sosta d'obbligo al giardino di Lady Sophia.

«Cosa sono questi biglietti?» chiede con accento marcatamente teutonico una ragazza che sta seguendo il tour.

La nuova guida risponde: «Sono lettere, o messaggi, di amori infelici. Una tradizione legata all'*Orfana di Mallands Park*».

«E cosa succede? Chi li legge?»

La guida è in difficoltà. «Non garantiamo un servizio di risposta ai biglietti. È un gesto fine a sé stesso, diciamo così.»

La verità è che vengono buttati dal giardiniere senza che nessuno li legga – di tanto in tanto lo facevo io, perché sono una persona dannatamente curiosa, ma non ho mai accolto l'istanza di Giusy di mettermi a rispondere.

«Comunque, se vi fa piacere potete lasciare anche voi un messaggio. È un gesto che ha solo un valore simbolico, ma c'è chi ne trae conforto», prosegue con tono professionale la guida, a cui va il mio più sincero apprezzamento per come ha illustrato la cosa.

«Che stai facendo?» mi chiede la zia, vedendo che prendo dalla borsa la carta da lettere dell'albergo di Oxford – la prendo sempre quando me ne posso permettere uno dotato di questi piccoli accorgimenti. «Stai scrivendo un biglietto?» trasecola.

E lo so che è stata un'avventura da fine stagione, lo so.

Metto il mio foglietto in mezzo agli altri, anonimo e senza destinatario – ci mancherebbe.

«Che hai scritto? Ma soprattutto a chi? Non mi dire ancora a quel deficiente di Davide.»

«Davide chi?»
«Ecco appunto. Ma allora a chi?»
«A lui», dico, guardando dritto davanti a me.
Siamo separati da una certa distanza e lui sta parlando con uno dei giardinieri.
«Ecco cosa c'era che non andava... ecco perché sei tornata prima!»
«Beccata.»
«Cos'è successo?»
«Un po' di cose...»
«Ma non è finita bene.»
«No», le confermo.
«Perché?»
«Non ci ha creduto abbastanza e, come se non bastasse, credo anche che non fosse pronto a cambiare modo di vivere.»
«Ed era proprio necessario?» mi interroga la zia.
«Credo di non aver mai conosciuto una persona più bisognosa di un cambiamento.»
«Che bel giovane. È molto fine.»
«È il suo punto di forza.»
«Ma zoppica, poverino.»
«Non lo compatire.»
«Ti sei presa una bella cotta, Angy», commenta, con un sospiro.
«Ah sì. Poco ma sicuro», sospiro a mia volta. «Ma mi passerà.»
La zia ha una faccia non troppo convinta tuttavia è inutile starne a parlare. Piuttosto, credo che dovrei avvicinarmi.
«Senti, zia, facciamo che concludi il giro da sola? La guida ti lascerà al negozietto e lì io verrò a prenderti. Okay?»
«Mi fai sentire una vecchia paraninfa.»
«È solo un saluto.»
«Va bene. Ci vediamo al negozio tra un po'... Sii prudente.»
«Quello mai!»
Ma quando mi volto per andare a raggiungerlo vedo che

lui sta facendo lo stesso, e finisce che ci incontriamo a metà strada, al centro del giardino di Lady Sophia.

«Sei venuta, alla fine.»

«Era un invito che non si poteva rifiutare», gli dico, nel tentativo di essere briosa ma sostanzialmente in grave imbarazzo. «La verità è che il tempismo è stato perfetto. Mia zia ha voluto questo viaggio e... in fondo, lo volevo anch'io.»

«Hai già visto la mostra?» domanda, cauto.

«Sì. Ed è proprio come la immaginavo.»

«Bene.»

«Ce ne sono altre che si potrebbero organizzare. Chaverton di per sé è un museo.»

«Sicuramente. Ma se ne occuperà chi verrà dopo di me.»

Una bomba del genere me la sgancia così? Lascia Chaverton?

Lo fisso colpita. «Questa non me l'aspettavo proprio.»

«Mi trasferisco a Ginevra, alla Commissione economica che ha un gruppo di lavoro per l'agricoltura. D'altra parte in tutti questi anni qualcosa sui campi l'ho imparata.»

«Sono felice per te... se tu lo sei.»

«Ho strappato il filo.»

Surriscaldata, l'unica cosa che riesco a chiedere, con voce pateticamente flebile, è: «Senza rimpianti?».

«È irrealistico non avere rimpianti dopo un matrimonio fallito.»

«L'ho detta male.»

«Ho capito però cosa volevi dire.»

«Sei stato tu a dirmi che non ce l'avevi alle spalle...» e ancora mi fa male, se per questo.

«Tu sei arrivata quando certe cose dovevo ancora capirle fino in fondo. Ma troncare con tutta una vita era un passo che dovevo fare da solo. E poi c'era quella storia del libro... con quella ho rovinato tutto, e alla fine mi sembrava di non avere niente da darti. Solo da prendere, e niente da dare.»

«Tu ti sei accodato alle teorie tendenziose di Inna e Allegra perché ti sei uniformato al loro modo di pensare. E di questo prima ancora che per me, mi dispiace per te.» Come mi è uscita bene! Sfido io, in queste settimane mettevo in scena una discussione immaginaria con lui quasi tutte le sere prima di coricarmi. Diciamo che sono arrivata preparata.

«Se uno ha sbagliato, ha sbagliato. Lo so. Ti ho chiesto scusa perché era il minimo che potessi fare e se servisse lo rifarei altre mille volte, ma non penso che tu sia tenuta a cancellare quello che è successo e come ti ho fatta sentire.»

«Non lo voglio cancellare, infatti.» Non voglio raggelare la sua buona volontà, fatto sta che lui pensa evidentemente che sia meglio riportare la conversazione in un'area neutrale.

«Tua zia?»

«Sta continuando il giro sotto il pergolato.»

«Imperdibile.»

«Vado a prenderla dopo, al negozio. Ieri siamo state a Oxford, così ha potuto incontrare il signor Taratufolo. Abbiamo scoperto altre cose, poi, sulla storia dei miei bisnonni... è stata una vicenda un po' sfortunata. A ogni modo, anche se sei restio ad ammetterlo, sei stato di grande aiuto.»

«Hai fatto tutto tu.»

«Non è così. Tutte le volte che ti ho fatto aprire quei registri è servito, te lo assicuro. E... quando inizi a Ginevra?»

«Alla fine di novembre. Giusto il tempo per lasciare tutto in ordine qui. Mentre tu? Da cosa sei ripartita?»

«Le mie solite cose. Traduzioni, lezioni private. E ho anche qualche idea per il futuro, ma... tu sai come sono fatta. Non mi cruccio troppo per questo.»

«Comunque... sei a Milano, giusto?»

«Be' sì.»

«Ginevra è solo a qualche ora di macchina da Milano», butta lì.

«Sempre se riprenderai la patente.»

«Sì che la riprenderò.»

«Porti Oliver con te?»

«Oliver... se n'è andato.»

Il torace mi si infiamma di tristezza, tristezza vera e profonda. «Mi dispiace moltissimo. Quando è successo?»

«La scorsa settimana.»

«All'improvviso?»

«Sì.»

«Era un buon cagnolone.»

«Lo era.»

Gli sfioro la mano, lui sfiora la mia a sua volta e alla fine ce le stringiamo forte. Rimaniamo un po' in un silenzio triste e sospeso, con il conforto di quel contatto cui metto fine quando lui mi dice: «Credo che tu debba andare a recuperare tua zia».

«Oddio, la zia. È vero.» Me n'ero completamente dimenticata. Pensavo fossimo da soli, io e lui, in un piccolo mondo dentro un piccolo mondo. «Però almeno ci siamo detti quasi tutto.»

«Ma c'è ancora molto altro da dirsi, se ti va», azzarda.

«Mi va», ammetto, guardandolo di sottecchi. «Ma solo se non fai di nuovo l'infame.»

«Difficile fare di peggio.»

«Ma tu non ci provare.»

«Promesso. Allora… buon ritorno a casa», conclude, ed è un congedo gentile, aperto, mentre ci allontaniamo piano piano, con un solo cenno della mano fino a quando siamo già distanti, con l'intero giardino di Lady Sophia tra di noi.

Quando sono davanti alla panchina dell'Orfana mi volto. Lui è di spalle, sta per raggiungere il golf cart.

Ma sì, la zia aspetterà.

«Alessandro!»

Lui si ferma.

«Alessandro Almirante», gli dico, dopo averlo raggiunto.

«Sì, Angelica Bentivegna?»

«Ho scritto un messaggio per te sulla panchina dell'Orfana», gli dico inghiottendo la timidezza.

«Veramente?» risponde con il viso acceso da un'espressione di ilarità, mentre si avvicina un po' di più. «Ma io sono qui. Puoi dirmi tutto quello che vuoi.»

«A volte è più facile scrivere», dico, consegnandogli il biglietto con la mano che trema.

Lui mi guarda come se non sapesse bene cosa aspettarsi.

Ma un attimo dopo averlo letto, un bel sorriso gli si dipinge sul viso.

E per farla dire a Dickens, *in tutta la vasta distesa di luce quieta che mi svelò, non vidi l'ombra di una separazione da lui.*

Nel frattempo altrove, nella solita dimensione onnisciente in cui le fate si gingillano con i fatti degli altri, si apre una diatriba.

«Ma che gli ha scritto sul biglietto?»

«Ha scritto troppo di corsa e non sono riuscita a leggere.»

«Nemmeno io. Comunque ha fatto male: doveva lasciarlo cuocere nel suo brodo.»

«Io ho letto cosa ha scritto», annuncia tutta tronfia la terza fata, che si ritiene pienamente responsabile, più che mai, del buon esito della faccenda.

«Diccelo!»

«Ha scritto: *Eppure vorrei che fosse rimasto ancora un altro debito da pagare.*»

«Ma che diavoleria è?»

«Essere in debito non è mai una buona posizione.»

«Magari significa qualcosa per loro», replica la saggia fata facendo spallucce.

«È strana forte, lo è sempre stata», commenta una delle altre due, ma vedendoli, pur da lontano, nemmeno le più scettiche hanno potuto più negare che, almeno in quel momento, Alessandro e Angelica erano insieme molto felici e decisamente contenti.

La ricetta dei cornetti di Angelica (per cui si ringrazia gentilmente Paolo Griffa dal sito giallozafferano.it)
(Ovvero, la ricetta della felicità)

Ingredienti

- 400 gr farina 00
- 100 gr farina manitoba
- 10 gr lievito di birra fresco
- 250 gr acqua a temperatura ambiente
- 12 gr sale fino
- 50 gr panna liquida fresca
- 60 gr zucchero bianco
- 300 gr burro non salato, di ottima qualità

Per spennellare: due tuorli d'uovo mischiati a latte intero QB.

Procedimento

Se avete la planetaria – ed è auspicabile – inserite nella ciotola le due farine, l'acqua e il lievito sbriciolato e lavorateli con il gancio per circa cinque minuti a bassa velocità, fino a ottenere un impasto morbido ed elastico. Solo a questo punto aggiungete anche la panna, il sale e lo zucchero, e fate andare la planetaria per altri otto minuti circa. L'impasto dovrà risultare elastico e setoso; riponetelo in una ciotola nel forno spento con la luce accesa e lasciatelo lievitare per almeno due ore.

Trascorso il tempo indicato, prendete l'impasto dal forno e il burro dal frigo. Stendete con delicatezza l'impasto con il matterello su una superficie ben infarinata altrimenti s'incollerà tragicamente. Dovete ottenere un rettangolo di 45×25 cm – munitevi di righello, vi servirà! Adesso tocca al passaggio più difficile, almeno secondo me: stendere il burro. È necessario che il burro sia della giusta consistenza, e questo secondo il mio umile pensiero dipende anche dalla temperatura della cucina. Per questo fare i cornetti d'estate è un po' più faticoso, il burro tenderà a sciogliersi molto rapidamente. In linea generale, in inverno, primavera e autunno, bastano non più di dieci minuti fuori dal frigo. Infarinate il matterello, fatevi il segno della croce, e iniziate a stendere il panetto fino a ottenere un quadrato di 25×25 cm dello spessore di mezzo centimetro. Fatto questo, spostate il quadrato al centro del rettangolo di impasto (io mi trovo bene usando la carta forno come base di appoggio) e ripiegatevi sopra gli altri due terzi del rettangolo. Rivestite l'impasto con della pellicola e tenetelo in frigo per una ventina di minuti. Poi tiratelo fuori, stendetelo seguendo il senso verticale in direzione delle aperture, e ripiegatelo nuovamente in tre. Ricordatevi sempre di infarinare anche il lato posteriore dell'impasto. Riponete in frigo per mezz'ora e poi ripetete lo stesso procedimento per altre due volte, sempre a distanza di mezz'ora. L'ultima volta, però, dovrete tenerlo in frigo per altre due ore, trascorse le quali dovrete stendere la pasta fino a ottenere un rettangolo di 60×40 cm (ve l'avevo detto che serve il righello, e non abbiamo ancora finito) con uno spessore di circa 3 mm. Un buon impasto, comunque, opporrà poca resistenza. A questo punto tagliate in due metà per il senso della larghezza (avrete dunque due rettangoli di 60×20 cm). A questo punto, riprendete il righello. Da un lato di ciascun rettangolo incidete con la punta di un coltello ogni dieci centimetri (sarà la base del cornetto). Sul lato speculare, incidete ogni 5 (e questa sarà la punta). A questo punto, seguendo come guida le incisioni, ricavate i vostri triangoli. A metà della base fate una piccola incisione di un paio di centimetri, al di sopra della quale metterete un cucchiaino di Nutella o marmellata o quello che preferite (naturalmente potete farli anche vuoti). Allargate i due lembi della base e arrotolate il cornetto (uno ben riuscito deve avere quattro spire). Non demoralizzatevi, i primi saranno un po' informi, bisogna fare un po' di pratica. Il gusto comunque non vi deluderà! Posizionateli man mano sulla teglia foderata di carta forno, ben distanziati tra loro perché lieviteranno ancora. Con queste dosi ne dovreste ottenere circa 22-23.

Riponeteli nel solito forno spento con la luce accesa per almeno un'ora e mezza. Dai che ci siamo quasi. Sbattete i tuorli d'uovo con il latte e munitevi di pennello con cui spennellare (molto delicatamente) la superficie dei cornetti. Cuoceteli a 180 °C per una ventina di minuti (dipende dal vostro forno, la prima volta non perdeteli mai di vista ma non aprite mai lo sportello del forno). In casa si diffonderà un odore indimenticabile che scaccerà via ogni cattivo pensiero.

Lo so, sono molto laboriosi e dovete stanziare quasi una giornata di lavoro.

Ma ve lo garantisco, non ve ne pentirete, parola di Angelica!

RINGRAZIAMENTI

Il primo e più grande grazie va al cosiddetto «gruppo di lettura di Chaverton House», che con il proprio entusiasmo ha fatto crescere questa storia fino a farla diventare un libro vero. Grazie a mia madre Giusi, a mia nonna Anna, a Carmen Prestia, a Maria Grazia, a Caterina, ad Anna Dalton, a Cristina Caboni, ad Amalia e a Laura Vaioli.

Grazie a Elisabetta Migliavada, che si è innamorata di Chaverton e ha voluto dargli l'opportunità di farsi conoscere e a Adriana Salvatori, per il supporto, la competenza e la pazienza.

Grazie a Stefano e Cristina Mauri, per la loro preziosa amicizia.

Un ringraziamento speciale va inoltre a mia suocera Grazia, che mi ha raccontato una storia di famiglia che è stata lo spunto per la ricerca di Angelica, a Francesca Crescentini, alias Tegamini, che mi ha introdotto allo scoppiettante mondo dei nomi collettivi inglesi, e ad Alberto Perini per il terrazzino e molte altre cose.

Mi sento inoltre debitrice nei confronti di due libri: *The English Country Houses* di Mary Miers e *Dimore di campagna inglesi* di Vita Sackville-West.

Ancora, per le informazioni sui prigionieri di guerra, molta ispirazione ho tratto dai forum: miles.forumcommunity.net e cercandomiononno.blogspot.com e dal servizio della BBC *An Italian Prisoner of War Remembers Somerset.* Per le considerazioni su *Ragione e sentimento* ringrazio infine unteconjaneausten.com e ancora, per tutta la sapienza sulla figura dell'eroe zoppo ringrazio Roberto Disma che ha pubblicato su Siciliareport.it un pezzo sul libro *Il mancino zoppo* di Michel Serres.

Non nasconderò inoltre il debito che ho nei confronti di Bianca Pitzorno e della sua *Orfana di Merignac* (correte a leggere *Speciale Violante!*), di Stefania Bertola per i segreti del finale di *Grandi speranze* e di Violette Leduc.

E come sempre, ultimi ma mai ultimi, ringrazio Stefano, Eloisa e Bianca, per troppe cose per elencarle in una pagina di ringraziamenti anche perché la gran parte sono tutte nostre, intime e speciali.